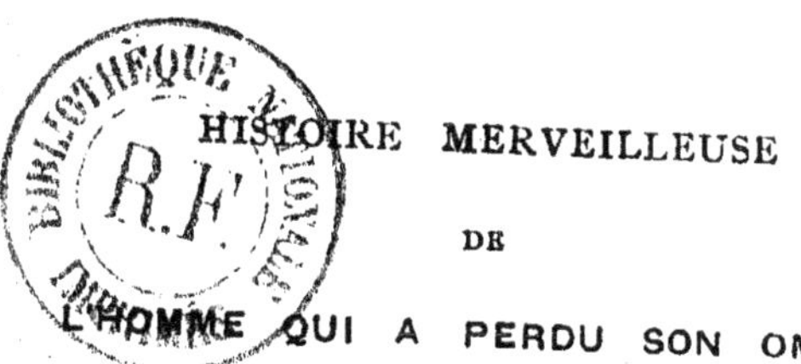


# HISTOIRE MERVEILLEUSE

DE

# L'HOMME QUI A PERDU SON OMBRE

# PIERRE SCHLEMIHL

OU

HISTOIRE MERVEILLEUSE

DE

# L'HOMME QUI A PERDU SON OMBRE

Par CHAMISSO

---

Traduit par l'Abbé GOBAT

---



IMPRIMERIE - LIBRAIRIE
DE N.-D. DE MONTLIGEON
La Chapelle-Montligeon, Orne

PARIS
VIC et AMAT, Libraires-Éditeurs,
11, Rue Cassette.

1898.

J'ai voulu franchir les glaces flottantes avec une témérité insensée (Page 115).

## Adelbert de Chamisso

## a Jules-Edouard Hitzig

*Tu n'oublies personne, tu te rappelleras donc encore d'un certain Pierre Schlemihl que tu as vu jadis quelquefois chez moi. C'était un gai compagnon, haut sur jambes, que sa gaucherie faisait prendre pour un maladroit et sa nonchalance pour un paresseux. Je l'aimais. Tu ne peux avoir oublié, Édouard, le tour qu'il nous joua dans nos années d'études. Je l'avais amene à un de nos thés poétiques, où il s'endormit pendant que nous écrivions, sans attendre la lecture de nos vers. Maintenant, je me rappelle un bon mot que tu fis sur lui. Tu l'avais déjà vu, Dieu sait où, vêtu d'une vieille polonaise noire et il la portait encore toujours : aussi tu t'écrias :*

*« Le gaillard devrait s'estimer heureux, si son âme avait la moitié de l'immortalité de sa polonaise. »*

*Voilà comment vous l'estimiez, mais moi, je l'aimais. Eh bien! c'est de ce Schlemihl, que j'avais perdu de vue depuis longtemps, que provient le cahier dont je veux te donner connaissance.*

*Ce n'est qu'à toi, Édouard, mon ami le meilleur et le plus intime, à toi, mon autre moi-même, pour qui je n'ai pas de secrets, à qui j'en parle, et, cela va sans dire, à notre Fouqué auquel je suis attaché comme à toi. Je ne le communique à ce dernier qu'en sa qualité d'ami, et non au poète. Vous comprendrez combien il me serait désagréable, si les aveux qu'un honnête homme confie à mon amitié et à ma probité étaient publiés dans un poème, ou si l'on profanait, comme le résultat d'une mauvaise plaisanterie, une chose qui ne l'est pas et ne peut l'être. J'avoue moi-même, il est vrai, combien il est regrettable que cette histoire, qui devient niaise sous la plume du bonhomme, n'ait pas été mise sous vos yeux par une main plus habile dans toute sa verve comique.*

*Quel attrait n'aurait-elle pas eu sous la plume de Jean-Paul! Du reste, mon cher ami, certaines personnes dont elle parle vivent encore; il faut y faire attention.*

*Un mot encore pour te dire comment ces feuilles me sont parvenues. On me les a données hier à mon réveil. Un homme singulier, à longue barbe grise, vêtu d'une polonaise noire toute râpée, portant en sautoir une boîte à botaniser et, malgré la pluie, des pantoufles par-dessus ses bottes, avait demandé à me parler, tout en laissant ce cahier pour moi, il prétendait venir de Berlin.*

*Kunersdof, le 27 Septembre 1813.*

*Adelbert* DE CHAMISSO.

# HISTOIRE MERVEILLEUSE
DE
# L'HOMME QUI A PERDU SON OMBRE

## I

### HISTOIRE MERVEILLEUSE DE PIERRE SCHLEMIHL

Enfin, après une heureuse traversée qui avait été cependant bien pénible, nous arrivâmes à bon port. Aussitôt que le canot m'eut déposé à terre, je me faufilai, mon mince bagage à la main, à travers la foule et me dirigeai vers l'auberge la plus proche et la plus modeste. Je demandai une chambre. Le garçon me toisa d'un coup d'œil et me conduisit aux mansardes. Je me fis monter de l'eau fraîche et demandai comment je pourrais trouver la maison de M. Thomas John.

« Devant la porte du Nord, me répondit-on. La première maison de campagne à droite : c'est un grand bâtiment neuf, aux colonnes de marbre blanc et rouge.

— Bien. »

Il était encore de bonne heure, j'ouvris aussitôt ma valise, d'où je tirai mon habit noir fraîchement retourné, et ayant mis mes meilleurs vêtements, je glissai dans ma poche ma lettre de recommandation, et me mis en route pour aller chez celui qui devait favoriser mes modestes espérances.

Après avoir remonté la longue rue du Nord et atteint la barrière, je vis bientôt briller les colonnes à travers la verdure.

« C'est donc ici », me dis-je.

J'enlevai avec mon mouchoir la poussière de mes souliers, je refis le nœud de ma cravate et tirai la sonnette à la garde de Dieu. La porte s'ouvrit. On me fit subir d'abord un interrogatoire dans le vestibule, puis enfin le portier daigna m'annoncer et j'eus l'honneur d'être appelé dans le parc où M. John se promenait avec une société choisie. Je le reconnus aussitôt à son air de suffisance et à son embonpoint. Il me reçut très bien, comme un riche reçoit un pauvre diable. Il se tourna même vers moi, sans se séparer pourtant du reste de la société, et prit la lettre que je lui présentais.

« Tiens! tiens! c'est de mon frère, il y a longtemps que je n'ai eu de ses nouvelles. Comment va-t-il ? »

Sans attendre ma réponse, il se retourna vers la société en montrant une colline avec la lettre.

« C'est là, dit-il, que je veux faire construire le nouveau bâtiment. »

Il brisa le cachet sans interrompre la conversation qui avait trait aux richesses.

« Celui qui ne possède pas un million, fit-il, n'est qu'un gueux ! (qu'on me passe l'expression.)

— C'est bien vrai », m'écriai-je avec une profonde conviction.

Cela parut lui faire plaisir, il me sourit et me dit :

« Restez ici, mon cher ami, peut-être aurai-je plus tard le temps de vous dire ce que je pense de cette affaire. »

Il désigna la lettre qu'il mit dans sa poche et se tourna de nouveau vers la société. Il offrit le bras à une jeune dame, les autres messieurs s'empressèrent auprès des autres, chacun trouva sa compagne et l'on se dirigea vers la colline couverte de rosiers.

Je les suivais lentement, sans incommoder personne, car nulle âme ne s'occupait de moi. La société était de très bonne humeur : on folâtrait, on plaisantait, on parlait parfois avec gravité de choses qui n'en valaient pas la peine, et, plus souvent encore, avec légèreté des sujets les plus graves, on médisait surtout, tout à son aise, des amis absents et de leurs affaires. J'étais encore trop étranger pour comprendre tout ce qu'on disait, trop préoccupé et trop embarrassé pour réfléchir à tant d'énigmes.

Nous avions atteint le bosquet de rosiers. La belle Fanny, qui paraissait être l'héroïne du jour, s'entêta à vouloir briser elle-même une branche en fleurs. Une épine la blessa, et un sang vermeil, pareil à des roses purpurines, coula sur sa main délicate. Cet événement mit tout le monde en émoi. On demanda du taffetas d'Angleterre. Un homme âgé, grêle et effilé, qui marchait près de moi en silence et que je n'avais pas encore remarqué, mit aussitôt la main dans la poche de son antique paletot de taffetas gris, en retira un petit portefeuille, l'ouvrit et présenta à la dame ce qu'elle demandait en lui faisant une profonde révérence. Elle le reçut sans y faire attention et sans remercier le donateur. La plaie fut pansée et l'on continua à monter la colline du haut de laquelle on pouvait jouir d'une vue très étendue sur le labyrinthe de verdure du parc et sur l'immensité de l'Océan.

Le coup d'œil était en effet grandiose et magnifique. Un point lumineux apparut à l'horizon, tranchant sur les vagues sombres et l'azur du ciel.

« Vite une lunette ! » s'écria John.

Avant que les laquais, accourus à son appel, eussent fait un mouvement, l'homme gris, s'inclinant modestement, avait déjà mis la main dans sa poche pour en retirer un beau télescope qu'il offrit à M. John. Celui-ci l'approcha aussitôt de son œil et annonça à la société que c'était le vaisseau sorti la veille et retenu en vue du port par les vents contraires. La lunette passa de main en main et ne revint pas dans celles de son propriétaire. Pour mon compte, je regardais cet homme avec étonnement et je ne comprenais pas comment il avait pu extraire un pareil instrument de sa poche aussi étroite ; mais personne ne parut le remarquer et l'on ne fit pas plus d'attention à l'homme en habit gris qu'à moi.

On fit circuler des rafraîchissements ; les fruits les plus rares de toutes les zones furent présentés dans les vases les plus précieux. M. John en faisait les honneurs avec aisance et m'adressa la parole pour la seconde fois.

« Servez-vous, me dit-il, vous n'aviez pas cela en mer. »

Je m'inclinai, mais il ne le vit pas : il causait déjà avec une autre personne.

On se serait assis volontiers sur le penchant gazonné de la colline pour jouir du paysage, si l'on n'eût craint l'humidité du sol.

« Ce serait charmant! s'écria quelqu'un de la société, si l'on avait des tapis de Smyrne à étendre ici. »

Ce désir était à peine exprimé que l'homme en habit gris mettait la main dans sa poche et s'empressait, d'un air modeste et même humble, d'en tirer un magnifique tapis de Smyrne brodé d'or. Les domestiques le prirent sans s'étonner et le déroulèrent à l'endroit indiqué. La société y prit place sans façon. Quant à moi, je regardais de nouveau, tout interdit, l'homme, la poche, le tapis qui mesurait plus de vingt mètres de long sur dix de large et je me frottais les yeux, ne sachant que penser, en voyant surtout que personne n'y trouvait rien d'extraordinaire.

J'aurais aimé avoir des renseignements sur cet homme en demandant ce qu'il était. Malheureusement je ne savais à qui m'adresser, et je me sentais encore plus gêné avec messieurs les domestiques qu'avec les maîtres. Je pris enfin courage et m'approchai d'un jeune homme qui me semblait être moins haut placé que les autres et qui s'était trouvé souvent seul. Je le priai à voix basse de me dire quel était cet homme complaisant vêtu d'un habit gris.

« Celui qui ressemble à un bout de fil échappé de l'aiguille du tailleur? me répondit-il.

— Oui, celui qui est tout seul.

— Je ne le connais pas », me répondit-il.

Il se détourna pour éviter sans doute une plus longue conversation, et parla avec un autre de choses indifférentes.

Les rayons du soleil commençaient cependant à devenir plus ardents et incommodaient les dames. La belle Fanny se tourna d'un air distrait vers l'homme en habit gris auquel personne n'avait encore adressé la parole jusque-là, et lui demanda à l'étourdie s'il n'avait pas par hasard une tente avec lui. Il lui répondit par un salut très profond, comme si on lui faisait un honneur inespéré. En même temps, il avait déjà la main à la poche, d'où je vis sortir de la toile, des pieux, des cordes, des ferrements, en un mot, tout ce qui est nécessaire pour construire le plus magnifique pavillon. Les jeunes gens aidèrent à le monter : il couvrait tout le tapis, et pourtant, personne n'y vit rien d'extraordinaire.

Depuis longtemps, je me sentais mal à l'aise et même je frissonnais de terreur ; quel ne fut pas mon effroi quand, au premier désir exprimé par les promeneurs, je le vis sortir de sa poche trois chevaux de selle, oui, trois beaux chevaux noirs sellés et bridés, — figure-toi donc, pour l'amour de Dieu ! — de cette même poche d'où il avait tiré déjà un portefeuille, un télescope, un tapis brodé de 20 mètres de long sur 10 de large, une tente de même dimension avec tous ses accessoires ! — Si je ne t'affirmais pas solennellement l'avoir vu de mes propres yeux, tu ne me croirais certainement pas. Malgré l'embarras et l'humilité de cet homme et le peu d'attention que lui prêtait la société, son aspect blême et livide, dont je ne pouvais détourner les yeux, me causait une telle horreur que je ne pus le supporter plus longtemps.

Je résolus de m'esquiver de la société, ce qui me parut facile, vu le rôle effacé que j'y jouais. Je voulais revenir en ville, tenter de nouveau le jour suivant la fortune chez M. John, et, si j'en avais le courage, le questionner sur l'homme étrange en habit gris. Si seulement j'étais parvenu à m'échapper ainsi !

Déjà je m'étais glissé à travers le bosquet jusqu'au bas de la colline et j'avais atteint une pièce de gazon, quand la crainte d'être surpris foulant l'herbe au lieu de suivre les allées me fit jeter un regard scrutateur autour de moi. Quel fut mon effroi en voyant l'homme à l'habit gris s'avancer vers moi ! Il se découvrit aussitôt et s'inclina devant moi plus profondément que jamais personne ne l'avait fait. Il était évident qu'il voulait me parler et je ne pouvais l'éviter sans manquer à la politesse. Je me découvris donc, m'inclinai à mon tour et je restai nu-tête, en plein soleil, comme si j'avais pris racine sur le sol. Je le regardais fixement en tremblant, comme un oiseau fasciné par un serpent. Lui-même semblait très embarrassé, il n'osait lever les yeux et s'inclinait à chaque instant. Il s'approcha enfin et me parla d'une voix basse et mal assurée, qui rappelait les intonations d'un mendiant.

« Monsieur voudra bien excuser mon importunité si j'ai la hardiesse de m'approcher de lui sans lui être présenté, j'aurais une prière à lui faire. Permettez-moi, de grâce...

— Mais, au nom de Dieu, m'écriai-je dans mon angoisse, que puis-je faire pour un homme qui... »

Nous restâmes muets tous les deux et il me sembla que nous rougissions ensemble.

Après un moment de silence, il reprit la parole.

« Pendant les courts instants où j'ai joui du bonheur de me trouver près de vous, j'ai plusieurs fois..., Monsieur, permettez-moi de vous le dire..., j'ai pu contempler avec une admiration inexprimable l'ombre splendide que, sans y faire attention et avec un certain noble mépris, vous projetez au soleil. Oui, Monsieur, cette ombre superbe qui tombe à vos pieds, pardonnez-moi cette demande téméraire en vérité, ne seriez-vous pas disposé à me céder votre ombre ? »

Il se tut ; quant à moi, j'étais tout bouleversé. Que penser de cette étrange proposition de m'acheter mon ombre ? Il est fou, me dis-je, et je lui répondis d'un ton qui convenait mieux à l'humilité de son maintien :

« Eh ! mon bon ami, n'avez-vous pas assez de votre ombre ? Voilà un marché bien étrange ! »

Il continua aussitôt :

« J'ai dans ma poche bien des choses qui pourraient n'être pas sans valeur pour Monsieur : le plus haut prix me paraîtra encore trop peu pour cette ombre inestimable. »

Je ressentis de nouveau une sueur glaciale, quand il me rappela sa poche, et je ne compris pas comment j'avais pu l'appeler mon bon ami. Je repris la parole en tâchant de réparer ma bévue, si possible, à force de politesses.

« Mais, Monsieur, pardonnez à votre très humble serviteur ; je ne comprends sans doute pas bien votre pensée : comment mon ombre pourrait-elle...? »

Il m'interrompit :

« Je ne demande à Monsieur que la permission de ramasser ici cette ombre si noble et de la mettre dans ma poche : comment je m'y prendrai, c'est mon affaire. En échange et comme preuve de reconnaissance envers Monsieur, je lui laisse le choix parmi tous les bijoux que j'ai avec moi : la véritable racine enchantée, la mandragore, le liard magique, les cinq sous du Juif Errant, la nappe des écuyers de Roland, mais tout cela ne sera rien pour vous ; voici quelque chose de mieux : le chapeau de Fortunatus retapé et richement remonté, voici une bourse qui a la même propriété que la sienne !...

— La bourse de Fortunatus ! » l'interrompis-je.

Ce seul mot m'avait tourné la tête malgré ma grande terreur. Je fus saisi de vertige et les doubles ducats dansèrent devant mes yeux.

« Monsieur veut-il examiner cette bourse et la mettre à l'essai ? »

Il mit la main dans sa poche et en retira une bourse en maroquin de grandeur moyenne, fermée par des lacets de cuir, et me la mit entre les mains. J'y puisai et j'en retirai dix pièces d'or, puis encore dix autres et encore dix autres. Je lui tendis vivement la main.

« Tope ! le marché est conclu, vous avez mon ombre pour cette bourse ! »

Il me frappa dans la main, s'agenouilla aussitôt devant moi et, avec une adresse admirable, je le vis détacher légèrement mon ombre du gazon, des pieds jusqu'à la tête, la ramasser, la plier et la mettre enfin dans sa poche.

Il se releva, s'inclina encore une fois devant moi et se retira dans le massif de rosiers. Il me sembla l'entendre ricaner tout bas. Quant à moi, j'étreignais la bourse par les courroies ; le soleil éclairait la terre autour de moi et je n'avais pas encore repris mon sang-froid.

Tope ! le marché est conclu (Page 14).

## II

Enfin, je revins à moi et m'empressai de quitter cet endroit où j'espérais n'avoir plus rien à faire. Je remplis mes poches de pièces d'or, j'attachai les cordons de la bourse autour de mon cou et je la cachai sur ma poitrine. Je quittai le parc sans être remarqué, j'atteignis la grande route et me dirigeai vers la ville.

Comme je m'approchais de la porte, plongé dans mes réflexions, j'entendis crier derrière moi :

« Monsieur, eh ! Monsieur, écoutez-moi donc ! »

Je me retournai et une vieille femme me cria :

« Faites donc attention, Monsieur, vous avez perdu votre ombre !

— Merci, ma bonne mère ! » lui répondis-je en lui jetant une pièce d'or pour la remercier de son avis amical et en continuant à marcher sous les arbres.

A la porte, la sentinelle me dit la même chose :

« Où Monsieur a-t-il laissé son ombre ? »

Quelques pas plus loin, deux femmes se mirent à crier :

« Jésus ! Marie ! le pauvre homme n'a pas d'ombre ! »

Cela commençait à me contrarier, je pris toutes mes précautions pour ne pas marcher au soleil, ce qui ne me réussit pas toujours, et quand il me fallut traverser la grand'rue, c'était, par malheur, l'heure de la sortie des écoles. Un maudit petit bossu, il me semble le voir encore, fut le premier à remarquer que je n'avais pas d'ombre. Il l'annonça à grands cris à toute la jeunesse littéraire du faubourg qui commença aussitôt à se moquer de moi et à me jeter de la boue en criant :

« Les honnêtes gens ont l'habitude de prendre leur ombre avec eux quand ils marchent au soleil ! »

Pour détourner leur attention, je leur jetai de l'or à pleines mains et sautai dans un fiacre que me procurèrent des âmes compatissantes.

Aussitôt que je me trouvai seul dans

la voiture, qui s'éloignait au galop, je commençai à pleurer amèrement. Je sentais déjà poindre en moi le pressentiment que si, sur cette terre, l'or l'emporte sur le mérite et la vertu, l'ombre doit être encore plus estimée que l'or. Autrefois, j'avais sacrifié la richesse à ma conscience, et maintenant j'avais abandonné l'ombre pour de l'or, qu'allais-je devenir en ce monde ?

J'étais encore tout bouleversé, quand la voiture s'arrêta devant mon ancienne auberge. Je frémis à la pensée de pénétrer encore une fois dans cette mauvaise mansarde. Je fis descendre mes effets, reçus ma piètre valise avec dédain, jetai quelques pièces d'or et donnai l'ordre de me conduire au meilleur hôtel. Ce dernier était situé au nord ; je n'avais rien à redouter du soleil. Je renvoyai le cocher en lui remettant de l'or, je me fis donner les plus belles chambres sur le devant et, dès que je le pus, je m'y enfermai.

Que penses-tu que je fis alors ? — Oh, mon cher Chamisso, je dois rougir, en l'avouant même à toi. Je tirai la malheureuse bourse de mon sein, et, pris d'une sorte de furie pareille à un incendie dévorant qui s'alimente lui-même, j'en tirai de l'or, de l'or, encore de l'or et toujours de l'or. Je le jetais sur le plancher, je trépignais par dessus, je le faisais tinter ; mon pauvre cœur se repaissait de l'éclat et du son de ce métal que j'amoncelais sans cesse jusqu'à ce qu'enfin, harassé de fatigue, je tombai sur cette couche précieuse ; j'y plongeais mes mains avec délices et je me roulais par dessus. Ainsi se passèrent la journée et la soirée, je n'ouvris point ma porte ; la nuit me trouva couché sur l'or et c'est là que je succombai au sommeil.

Je rêvai alors de toi ; il me semblait être derrière la porte vitrée de ta petite chambre et te voir assis à ton bureau entre un squelette et une botte de plantes desséchées. Haller, Humbolt et Linnée étaient ouverts devant toi ; sur ton sopha se trouvaient un volume de Gœthe et l'anneau magique. Je t'examinai longtemps, ainsi que tout ce qu'il y avait dans ta chambre ; je te regardai encore ; mais tu ne faisais aucun mouvement, tu ne respirais plus, tu étais mort.

Je me réveillai. Le jour était à peine levé et ma montre était arrêtée. J'étais brisé, de plus j'avais faim et soif : depuis le matin précédent je n'avais rien mangé. Je repoussai loin de moi avec colère et dégoût cet or qui, peu auparavant, avait fait les délices de mon cœur ; maintenant que j'étais de mauvaise humeur, je ne savais trop qu'en faire. Je ne pouvais pourtant le laisser sur le plancher, j'essayai si la bourse ne pourrait pas l'absorber. Ce fut en vain. Mes fenêtres ne donnaient pas sur la mer. Il fallut donc me résigner à le ramasser à la sueur de mon front et à l'entasser dans une grande armoire qui se trouvait dans un cabinet voisin. Je n'en laissai que quelques poignées sur le sol. Après avoir terminé ce travail, je tombai épuisé dans un fauteuil et j'attendis que les gens de la maison se fissent entendre. Dès que cela fut possible, je me fis apporter à manger et j'appelai l'hôtelier dans ma chambre.

Je discutai avec lui sur l'organisation

future de ma maison. Il me recommanda pour mon service intérieur un certain Bendel dont la physionomie ouverte et intelligente me plut tout d'abord. C'est lui dont l'attachement m'a depuis lors consolé dans le cours misérable de ma vie et qui m'a aidé à supporter ma triste destinée. Je passai toute la journée dans ma chambre avec des valets sans place, des cordonniers, des tailleurs et des marchands.

J'organisai ma maison et j'achetai une foule d'objets de grande valeur et des pierres précieuses pour me débarrasser de l'or que j'avais entassé, mais il me sembla que le monceau ne diminuait pas du tout.

Je flottais cependant dans les doutes les plus cruels au sujet de mon état. Je n'osais faire un pas hors de ma chambre et je faisais allumer le soir quarante bougies dans mon salon avant de sortir de l'obscurité. Je me rappelais avec effroi la scène terrible que m'avaient faite les écoliers. Je résolus cependant d'affronter encore une fois l'opinion publique en rassemblant tout mon courage. La lune était alors dans son plein et brillait toute la nuit. Quand il fut assez tard, je jetai sur mes épaules un ample manteau, j'enfonçai mon chapeau sur les yeux et je me glissai hors de l'hôtel en tremblant comme un criminel. Je ne sortis de l'ombre des maisons que quand je fus arrivé à une place écartée, et je m'exposai aux rayons de la lune prêt à entendre mon sort de la bouche des passants.

Épargne-moi, cher ami, la répétition douloureuse de tout ce que je dus souffrir. Les femmes exprimaient souvent la profonde compassion que je leur inspirais ; ces témoignages ne me perçaient pas moins le cœur que les moqueries de la jeunesse et le dédain orgueilleux des hommes, surtout de ceux dont l'embonpoint et l'épaisseur jetaient une ombre large. Une jeune fille, belle et gracieuse, qui accompagnait ses parents, tandis que ceux-ci regardaient avec circonspection devant eux, jeta sur moi un regard brillant ; elle tressaillit visiblement en me voyant sans ombre, couvrit son beau visage de son voile, baissa la tête et passa près de moi sans dire un mot.

Je ne pus le supporter plus longtemps. Des larmes amères s'échappèrent de mes yeux et, le cœur brisé, je rentrai d'un pas chancelant dans les ténèbres, obligé de m'appuyer aux maisons pour ne pas tomber. Je ne regagnai ma chambre que très lentement et bien tard.

Je passai la nuit sans sommeil. Le lendemain, mon premier soin fut de faire rechercher partout l'homme à l'habit gris. Peut-être me serait-il possible de le retrouver et quel bonheur s'il regrettait ce marché insensé autant que moi ! Je fis appeler Bendel qui me semblait habile et intelligent. Je lui fis un portrait fidèle de l'homme qui était en possession d'un trésor sans lequel la vie ne serait jamais pour moi qu'un tourment. Je lui indiquai l'heure et l'endroit où je l'avais vu, je lui dépeignis toutes les personnes qui se trouvaient là ; mais je lui recommandai surtout de s'informer d'un télescope de Dollond, d'un tapis de Smyrne brodé d'or, d'un pavillon de toute beauté et de chevaux de selle noirs. J'ajoutai, sans lui dire comment, que tous ces objets se rattachaient à cet homme mystérieux, qui n'avait attiré l'attention de personne et dont l'apparition avait détruit le calme et le bonheur de ma vie.

Après avoir tout expliqué, je cherchai de l'or autant que je pus porter, puis des joyaux et des pierreries d'une valeur encore plus grande.

« Bendel, lui dis-je, ceci aplanit bien des chemins et rend faciles bien des choses qui semblent impossibles. Ne lésine pas plus que moi ; va et reviens réjouir ton maître en lui rapportant des nouvelles sur lesquelles se base son unique espérance. »

Il partit et ne revint que très tard, et la figure tout attristée. Il avait parlé aux gens de M. John et aux personnes de sa société : personne ne pouvait se souvenir de l'homme à l'habit gris. Le nouveau télescope se trouvait là, mais nul ne pouvait dire d'où il venait, le tapis était encore étendu et le pavillon encore monté sur la même colline ; les valets vantaient la richesse de leur maître et personne ne savait d'où lui venaient ces nouveaux objets si précieux. Ce dernier avait du plaisir à les voir et ne s'inquiétait pas d'en connaître la source ; les jeunes gens qui avaient monté les chevaux les avaient dans leurs écuries et louaient la générosité de M. John qui leur en avait fait cadeau ce jour-là. Voilà ce qui résultait du récit détaillé de Bendel, dont le zèle actif et la conduite prudente méritaient une louange, malgré l'insuccès de ses démarches. Rempli d'une morne tristesse, je lui fis signe de me laisser seul.

« J'ai, reprit-il, rendu compte à mon maître de l'affaire qui était la plus importante pour lui. Il me reste encore à remplir une commission que m'a donnée ce matin de bonne heure un inconnu que j'ai trouvé devant la porte de la ville quand je sortais pour l'affaire qui a eu un si mauvais résultat. Voici les propres paroles de cet homme :

« Dites à M. Pierre Schlemihl qu'il ne
« me verra plus ici, parce que je vais tra-
« verser la mer et qu'un vent favorable

« m'appelle au port. Mais dans un an, à « pareil jour, j'aurai l'honneur de me « rendre moi-même chez lui et de lui « proposer une autre affaire qui lui sera « peut-être agréable. Présentez-lui mes « humbles respects et assurez-le de ma « reconnaissance. »

Je lui demandai son nom, mais il me répondit que vous le connaissiez déjà.

— Comment était cet homme ? » m'écriai-je tourmenté d'un pressentiment.

Bendel me dépeignit fidèlement trait pour trait, mot pour mot, l'homme en habit gris comme il l'avait fait dans son récit précédent, au sujet de celui sur lequel il devait prendre des informations.

« Malheureux ! m'écriai-je en me tordant les mains, c'était lui-même ! »

On eût dit qu'un bandeau lui tombait des yeux.

« Oui ! c'était lui, vraiment lui ! s'écria-t-il avec effroi, et moi aveugle, insensé, je ne l'ai pas reconnu et j'ai trahi mon maître ! »

Il s'accabla lui-même des reproches les plus amers et pleura à chaudes larmes. Le désespoir dans lequel il était plongé m'inspira de la compassion. Je le consolai en l'assurant à maintes reprises que je n'avais pas le moindre doute sur sa fidélité et l'envoyai aussitôt sur le port pour suivre, si possible, les traces de cet homme étrange. Mais le matin même, un grand nombre de navires que les vents contraires avaient retenus au port avaient gagné la pleine mer, dans toutes les directions pour diverses contrées : l'homme gris avait disparu comme une ombre, sans laisser de trace.

## III

A quoi serviraient des ailes à celui qui serait rivé à des chaînes de fer? Son désespoir n'en serait que plus affreux! Loin de toute consolation humaine, je dépérissais près de mes richesses, comme le dragon sur son trésor. Mon cœur ne s'y attachait point et je maudissais cet or, pour l'amour duquel je me voyais privé de toutes relations. Gardant pour moi seul mon triste secret, j'avais peur du dernier de mes domestiques que j'enviais en même temps; car lui avait une ombre, il pouvait se laisser voir au soleil. Je passais sombre et solitaire les jours et les nuits dans mes appartements, et le chagrin rongeait mon cœur.

Il y en avait encore un autre que la tristesse consumait sous mes yeux : mon fidèle Bendel ne cessait de se faire de secrets reproches d'avoir trompé la confiance de son bon maître et de ne pas avoir reconnu celui qu'il était chargé de découvrir et qu'il devait croire intimement lié à mon malheureux sort. Quant à moi, je ne pouvais l'accuser en aucune façon, je reconnaissais, dans cette affaire, la main mystérieuse de l'inconnu.

Pour ne rien négliger, j'envoyai un jour Bendel porter une bague ornée de brillants au peintre le plus célèbre de la ville, en le priant de venir me faire une visite. Il accepta. J'éloignai mes gens, je fermai ma porte à double tour et pris place à côté de lui. Après avoir loué son talent, je lui parlai de ce qui me tenait à cœur, et après lui avoir fait jurer auparavant de garder le secret le plus rigoureux :

« Monsieur le professeur, continuai-je, vous serait-il possible de peindre une fausse ombre à un homme qui a perdu la sienne de la manière la plus malheureuse ?

— Vous voulez parler de l'ombre portée ?

— Parfaitement.

— Mais, poursuivit-il, par quelle maladresse, par quelle négligence a-t-il pu perdre son ombre ?

— Peu importe la manière dont cela est arrivé, » lui répondis-je. Et, mentant sans pudeur, je continuai : « Qu'il vous suffise d'apprendre que lors d'un voyage qu'il fit en Russie l'hiver dernier, un froid extraordinaire fit geler son ombre si fortement sur le sol qu'il ne put l'en détacher.

— L'ombre simulée que je pourrais lui peindre, répondit le professeur, ne serait pourtant qu'une ombre qu'il perdrait au moindre mouvement, d'autant plus qu'il tenait très peu à son ombre naturelle, comme on peut le conclure de votre récit. Que celui qui n'a pas d'ombre n'aille pas au soleil, c'est plus sûr et plus sensé ! »

Il se leva et s'éloigna en me lançant un regard pénétrant que le mien ne put soutenir. Je retombai sur ma chaise et me cachai la figure dans les mains.

Bendel en revenant me trouva encore dans cette position. Il vit la douleur de son maître et, pour la respecter, voulut se retirer en silence. Je levai les yeux. Je succombais sous le poids de mon chagrin, il fallait le lui faire connaître.

« Bendel, lui dis-je, Bendel ! toi le seul qui vois et respectes mes douleurs, sans vouloir en pénétrer les motifs, mais qui sembles y compatir en secret, viens près de moi, Bendel, et sois le confident de mon cœur. Je ne t'ai pas caché mes trésors, je ne veux pas non plus te cacher mon chagrin. Ne m'abandonne pas, Bendel. Tu me vois riche, libéral, généreux, tu t'imagines que le monde devrait me glorifier et tu me vois fuir le monde et me tenir loin de lui. Bendel, le monde m'a jugé et m'a rejeté. Et toi, peut-être te détourneras-tu de moi quand tu sauras mon terrible secret. Bendel, je suis riche, généreux, bienveillant, mais... ô mon Dieu... je n'ai pas d'ombre.

— Pas d'ombre! s'écria le brave garçon effrayé, et les larmes jaillirent de ses yeux. Quel malheur pour moi d'être né pour servir un maître sans ombre! »

Il se tut et je replongeai ma figure dans mes mains.

« Bendel! ajoutai-je plus tard en hésitant, maintenant tu as ma confiance, maintenant tu peux la trahir. Va et porte témoignage contre moi. »

Un violent combat semblait se livrer en lui-même, enfin il se précipita à mes genoux et saisit ma main qu'il baigna de ses larmes.

« Non! s'écria-t-il. Quoi qu'en dise le monde, je ne puis et ne veux pas quitter mon bon maître à propos d'une ombre. Je ne veux pas agir en homme prudent, mais en homme juste; je resterai près de vous, je vous prêterai mon ombre, je vous aiderai tant que je pourrai et si je ne puis rien, je pleurerai du moins avec vous. »

Étonné de sentiments si rares, je lui sautai au cou, car j'étais assuré qu'il n'agissait pas ainsi pour amour de l'or.

Dès lors, mon sort et ma manière de vivre changèrent quelque peu. Il est impossible de décrire avec quelle prudence Bendel savait cacher mon infirmité. Partout il était avec moi et devant moi, prévoyant tout, prenant toute sorte de précautions, et quand un danger me menaçait à l'improviste, il me couvrait rapidement de son ombre, car il était plus grand et plus fort que moi. Je pus donc de nouveau me hasarder parmi les hommes et je commençai à jouer un rôle dans le monde. Je dus, il est vrai, paraître bizarre et singulier, mais cela va bien aux riches, et aussi longtemps que la vérité restait cachée, je pouvais jouir de tous les honneurs et du respect qui revenaient à mes richesses. Je voyais avec plus de calme approcher le jour où le mystérieux inconnu me rendrait la visite promise.

Je comprenais très bien qu'il m'était impossible de rester longtemps dans un endroit où l'on m'avait déjà vu sans ombre et où je pouvais être trahi facilement. Peut-être étais-je encore le seul qui songeât comment je m'étais montré chez M. John ; cependant c'était un pénible souvenir pour moi. Je ne voulais donc faire ici qu'un essai pour pouvoir me présenter ailleurs avec plus d'aisance et de sécurité. Mais je fus retenu quelque temps par ma vanité : elle retient l'homme comme ancré à la même place.

La belle Fanny, que je rencontrai ailleurs, eut quelques attentions pour moi, sans se souvenir qu'elle m'avait déjà vu. Maintenant j'avais de l'esprit et de l'agrément. On m'écoutait quand je parlais et je ne pouvais m'expliquer moi-même comment j'étais parvenu à connaître l'art d'engager et de diriger si facilement une conversation. L'impression que je pensai avoir fait sur elle fit de moi un insensé et c'est justement ce qu'elle voulait. Je la suivis dès lors, autant que possible, au prix de mille fatigues, à la faveur de l'obscurité et du crépuscule. Je trouvais ma vanité à la rendre fière de moi, et pourtant, avec la meilleure volonté du monde, je ne pus forcer cette ivresse à pénétrer jusqu'à mon cœur.

Mais à quoi bon te raconter tout au long cette histoire vulgaire ? Tu m'en as déjà raconté de pareilles sur d'autres personnes honorables. Dans cette comédie si connue, où je jouais de bonne foi un rôle bien souvent rabâché, il arriva cependant une catastrophe que personne, ni elle, ni moi, nous n'avions prévue.

Un soir que, suivant mon habitude, j'avais rassemblé une société dans un jardin, je me promenais au bras de cette beauté à quelque distance de mes invités et m'efforçais de tourner des compliments à son adresse. Elle baissait modestement les yeux et répondait doucement à la pression de ma main, quand la lune sortit inopinément derrière nous du milieu des nuages. Elle ne vit que son ombre tomber devant elle sur le sol. Surprise, elle tressaillit et jeta sur moi un regard consterné, puis fixa la terre, cherchant des yeux à découvrir mon ombre. Sa physionomie exprimait d'une manière si bizarre ce qui se passait en elle que je n'aurais pu m'empêcher d'éclater de rire si je n'avais moi-même ressenti un frisson glacial me courir dans le dos.

Je la laissai glisser de mon bras sans connaissance, traversai comme une flèche les invités terrifiés, franchis la porte et me jetai dans la première voiture venue. Je me fis reconduire à la ville où, pour mon malheur, j'avais laissé cette fois le prudent Bendel. Il fut effrayé en me voyant : un mot lui apprit tout. Des chevaux de poste furent commandés sur le champ. Je n'emmenai avec moi qu'un seul de mes domestiques, c'était un nommé Rascal, un coquin fieffé qui, par son adresse, avait su se rendre nécessaire et qui ne pouvait soupçonner ce qui s'était passé. Je fis encore 30 milles cette nuit-là. Bendel resta en arrière pour congédier mes gens, répandre de l'or et m'apporter

Je la laissai glisser de mon bras sans connaissance

(Page 34.)

ce dont j'avais le plus besoin. Quand il me rejoignit, le jour suivant, je me jetai dans ses bras et je lui jurai non pas de ne plus faire de sottises, mais d'être plus circonspect à l'avenir. Nous continuâmes notre voyage sans interruption, en passant la frontière et les montagnes, et ce ne fut que de l'autre côté, séparé, par ce haut rempart, de cette ville de malheur que je me laissai décider à me reposer des fatigues que j'avais ressenties, dans des bains peu fréquentés qui se trouvaient dans le voisinage.

## IV

Je dois passer rapidement dans mon récit sur cette période à laquelle j'aimerais à m'arrêter s'il m'était donné de pouvoir évoquer dans mon souvenir son image pleine de charmes. Mais les couleurs qui l'animaient et qui, seules, pourraient le ranimer encore, se sont effacées en moi, et quand je veux retrouver dans mon cœur ce qui le faisait alors battre avec tant de force, les souffrances et le bonheur, les pieuses illusions dont il était rempli, je frappe en vain un rocher qui ne laisse plus jaillir l'eau vive : le dieu s'est éloigné de moi.

De quelle manière différente je regarde maintenant ce temps qui n'est plus ! Je devais jouer dans ces bains le rôle de héros. Mais je l'avais mal étudié et, novice sur les planches, je tombe de mon rôle en me laissant fasciner par deux jolis yeux bleus. Les parents, trompés par mon jeu, font tous leurs efforts pour conclure le plus vite possible une union désirable, et cette farce vulgaire finit par un persiflage. — Et c'est tout ! tout !

Cela me semble niais et insipide, et parfois je trouve épouvantable de voir sous de telles couleurs ce qui autrefois faisait gonfler ma poitrine. Mina ! je pleure aujourd'hui de t'avoir perdue dans mon cœur, comme j'ai pleuré autrefois en te perdant. Suis-je donc devenu si vieux ? — Oh ! triste raison ! Seulement encore une pulsation de cette époque, un moment de ces illusions ! — mais non, je suis seul sur les flots amers du vaste Océan, et le lutin s'est échappé depuis longtemps de la coupe de champagne.

J'avais envoyé Bendel en avant avec quelques sacs d'or pour me préparer dans la petite ville un appartement suivant ma position. Il avait répandu l'or à pleines mains et parlé d'une manière un peu vague du noble étranger qu'il servait, car je ne voulais pas être nommé. Ces allusions inspirèrent aux bonnes gens de singulières idées. Aussitôt que la maison fut prête à me recevoir, Bendel revint près de moi pour me chercher et nous nous mîmes en route.

Environ à une heure de la ville, dans un endroit bien exposé au soleil, nous trouvâmes le chemin barré par une foule en habits de fête. La voiture s'arrêta. On entendait la musique, le son des cloches, des coups de canon et de bruyants vivats retentissaient dans les airs. Une troupe de jeunes filles habillées de blanc s'approcha de la voiture. Elles étaient d'une grande beauté, mais l'une d'entre elles

les surpassait toutes comme le soleil qui fait disparaître les étoiles de la nuit. Elle sortit du milieu de ses sœurs, s'agenouilla devant moi en rougissant modestement, et me présenta, sur un coussin de soie, une couronne de laurier, d'olivier et de roses, en disant quelques mots de Majesté, de vénération, d'amour que je ne compris pas, mais dont le son magique et argentin enivra mon oreille et mon cœur. Il me semblait avoir déjà vu planer devant moi cette céleste apparition. Le chœur se mit alors à chanter les louanges d'un bon roi et le bonheur de son peuple.

Et cette réception en plein soleil, cher ami! Elle était toujours agenouillée à deux pas de moi, et moi, sans ombre, je ne pouvais tomber aux genoux de cet ange. Oh! que n'aurais-je pas donné pour avoir une ombre! Il me fallut cacher dans le fond de la voiture ma honte, mon angoisse, mon désespoir. Bendel enfin agit pour moi, il sauta par l'autre portière; je le rappelai encore et tirai de ma cassette que j'avais justement sous la main, un diadème orné de riches diamants, qui aurait dû parer la belle Fanny. Il s'avança et parla au nom de son maître qui ne pouvait et ne voulait pas accepter de pareilles marques de respect ; il y avait sans doute une méprise. Néanmoins celui-ci faisait remercier les bons habitants de la ville pour leur bonne volonté. Et prenant sur le coussin la couronne que l'on m'offrait, il mit à la place le diadème de pierreries, présenta ensuite respectueusement la main à la belle demoiselle pour l'aider à se relever, éloigna d'un geste le clergé, la magistrature et toutes députations et ne laissa plus approcher personne. Il ordonna à la foule de se séparer pour faire place aux chevaux et sauta dans la voiture qui partit vers la ville au triple galop en passant sous un arc de triomphe orné de fleurs et de feuillages. Les canons continuaient à tonner. La voiture s'arrêta devant ma maison ; j'y entrai lestement en fendant la foule que le désir de me voir avait attirée. Le peuple poussa des acclamations sous mes fenêtres et je fis pleuvoir sur lui des doubles ducats. Le soir, la ville s'illumina spontanément.

Je ne savais cependant pas encore ce que tout cela devait signifier, ni pour qui l'on me prenait. J'envoyai Rascal aux renseignements. On lui raconta comment on avait eu déjà des nouvelles certaines que le bon roi de Prusse voyageait à travers la contrée sous le nom d'un comte, que mon adjudant ayant été reconnu, il s'était trahi lui-même et moi avec lui, enfin combien la joie était grande d'avoir la certitude de me posséder dans le pays. Maintenant l'on voyait, il est vrai, que je voulais garder le plus strict incognito et l'on comprenait combien on avait eu tort de soulever le voile avec tant d'importunité. Mais je m'étais irrité avec tant de grâce et de bienveillance que l'on espérait un généreux pardon eu égard à la bonne intention. Mon coquin trouva la chose si plaisante qu'il fit son possible pour fortifier, par ses réprimandes, les braves gens dans leur croyance. Il m'en fit un rapport très comique, et voyant que cela me déridait, il m'amusa en racontant les contes qu'il avait débités. Faut-il l'avouer? Je me sentais flatté d'être pris pour une tête couronnée, bien que ce ne fût que le fait de mon valet. Je fis organiser une fête pour le lendemain soir sous les arbres qui ombrageaient la place devant ma maison et j'y invitai toute la ville. Grâce à la vertu mystérieuse de ma bourse, aux efforts de Bendel, au génie inventif et à l'activité de Rascal, le temps ne fut pas trop court pour cela. C'était vraiment merveille de voir avec quelle richesse et quelle magnificence tout fut arrangé dans ces quelques heures. Le luxe et la profusion que l'on déploya, l'illumination disposée avec beaucoup de goût, m'avaient rendu toute mon assurance. Je n'eus à m'occuper de rien, je n'avais qu'à combler d'éloges mes serviteurs. Le jour commença à tomber. Les invités arrivèrent et me furent présentés. On ne prononça plus le nom de Majesté, mais on me disait : « Monsieur le comte » avec un profond respect et une grande humilité. Que fallait-il faire ? J'acceptai donc ce titre et restai dès lors le comte Pierre. Au milieu de la cohue de la fête, mon âme n'aspirait qu'après un seul objet. Elle arriva tard celle qui était la reine de la fête et en portait les insignes. Elle suivait modestement ses parents et paraissait ignorer qu'elle était la plus belle. On me présenta M. l'inspecteur des forêts, son épouse et sa fille. Je trouvai beaucoup de choses agréables et obligeantes à dire aux parents, mais devant leur fille, je restai comme un enfant pris en faute et ne pus prononcer une seule parole. Enfin, je la priai, en balbutiant, d'honorer cette fête en y prenant le titre de ce dont elle portait les insignes. Elle me jeta un regard touchant et me pria en rougissant de l'épargner, mais, en sa présence, je me sentis plus intimidé qu'elle et lui présentai avec le plus profond respect mes hommages comme son premier sujet. La conduite du comte fut un ordre pour tous les invités qui s'empressèrent avec joie d'en faire autant. La majesté, l'innocence et la grâce réunies à la beauté paraient la souveraine de cette joyeuse fête. Les heureux parents de Mina croyaient que leur fille avait été distinguée par le comte en leur honneur; je me trouvais moi-même dans une ivresse indescriptible. Je fis déposer dans deux vases fermés tout ce qui me restait des joyaux, des perles et des pierres précieuses que j'avais achetés autrefois pour me débarrasser de mon or qui m'encombrait et les fis distribuer à table, au nom de la reine, à toutes ses compagnes et à toutes les dames. Pendant ce temps on ne cessait de jeter de l'or par-dessus les barrières au peuple qui poussait des cris de joie.

Le lendemain matin, Bendel me confia en secret que les soupçons qu'il avait conçus sur la probité de Rascal s'étaient changés désormais en certitude. Le soir de la fête, le coquin avait soustrait plusieurs sacs d'or.

« N'envions pas au pauvre diable ce léger butin, lui dis-je. Je donne volontiers à tout le monde, pourquoi n'en aurait-il pas sa part ? Il m'a servi fidèlement hier, ainsi que tous les nouveaux valets que tu as engagés, ils m'ont aidé à célébrer gaîment une joyeuse fête. »

Il n'en fut plus question. Rascal resta le premier de mes serviteurs, mais Bendel fut mon ami et mon confident. Ce dernier s'était habitué à regarder ma richesse comme inépuisable, et il ne cherchait pas à en découvrir la source. Se prêtant, au contraire, à mes idées, il m'aidait bien plutôt à imaginer des occasions de la montrer et de gaspiller mon or. Quant à l'inconnu, voici ce qu'il savait de ce pâle sournois : je ne pouvais être délivré que par lui de la malédiction qui pesait sur moi et je redoutais en même temps celui sur lequel reposait ma seule espérance. J'étais du reste convaincu qu'il pourrait me trouver partout, et moi ne le rencontrer nulle part, et c'est pourquoi j'avais cessé des recherches inutiles en attendant le jour promis de sa visite.

La magnificence de ma fête et ma conduite dans cette circonstance fortifièrent les crédules habitants de la ville dans leur persuasion. Les journaux, il est vrai, annoncèrent bientôt que le voyage mystérieux du roi de Prusse n'était qu'un bruit dénué de fondement. Mais j'étais cependant un roi pour eux et un des plus riches et des plus magnanimes qui eussent jamais existé. On ne savait pas au juste quel était mon royaume. Le monde n'a jamais eu de motif de se plaindre de la pénurie des monarques, et de nos jours encore moins. Ces bonnes gens, qui n'en avaient jamais vu un de leurs propres yeux, me prenaient au hasard tantôt pour celui-ci, tantôt pour celui-là. Mais le comte Pierre restait toujours ce qu'il était.

Un jour, parmi les baigneurs se trouva un négociant qui, pour s'enrichir, avait fait banqueroute, et néanmoins jouissait de l'estime générale. Son ombre était large, quoiqu'un peu pâle. Il voulut faire parade dans ce lieu de la fortune qu'il avait amassée et s'imagina même de vouloir rivaliser avec moi. Je fis usage de ma bourse et j'eus bientôt mis le pauvre diable dans un si triste état, qu'il dut de nouveau faire banqueroute pour sauver sa réputation : il repassa la montagne et j'en fus débarrassé. Hélas! J'ai fait dans cette contrée bien des vauriens et bien des fainéants.

Malgré la magnificence royale et les prodigalités avec lesquelles je soumettais tout le monde à ma volonté, je vivais très simplement et très retiré dans mon intérieur. Je m'étais fait une loi de la plus grande prudence, personne, à l'exception de Bendel, ne pouvait pénétrer, sous le moindre prétexte, dans les chambres que j'habitais. Aussi longtemps que le soleil brillait sur la contrée, je me tenais enfermé avec mon ami, et l'on disait alors que le comte travaillait dans son cabinet. On mettait en relation avec ces travaux les nombreux courriers que j'expédiais et qui m'arrivaient pour chaque bagatelle. Je ne recevais de la société que le soir sous mes arbres ou dans mon salon brillamment illuminé d'une manière adroite d'après les indications de Bendel. Quand je sortais, Bendel me surveillait avec des yeux d'Argus et je ne me rendais dans les jardins de l'inspecteur des forêts que pour revoir sa fille, mon unique pensée, car le charme le plus précieux de ma vie était mon amour.

O mon bon Chamisso, je veux espérer que tu n'as pas oublié ce que c'est qu'aimer ! Je te laisse ici bien des choses à compléter. Mina était vraiment une bonne et aimable enfant. Toute son imagination n'était occupée que de moi et, dans son humilité, elle ne savait comment elle s'était trouvée digne d'avoir été seulement regardée. Elle me rendait amour pour amour avec toute l'énergie juvénile d'un cœur innocent. Elle aimait avec son cœur de femme, s'oubliant elle-même, se confiant à celui qu'elle croyait être sa vie, sans s'inquiéter si cet abandon ne causerait point sa mort : elle aimait véritablement.

Et moi ! oh ! quelles heures terribles et dignes pourtant d'être désirées ! J'ai souvent pleuré sur le cœur de Bendel, quand, après la première ivresse inconsciente, je me mis à réfléchir, m'examinant moi-même sévèrement, moi, qui, n'ayant pas d'ombre, précipitais avec un perfide égoïsme dans un affreux précipice cette âme si pure que mes mensonges avaient trompée. Je prenais alors la résolution de lui découvrir moi-même ce que j'étais ; je faisais les serments les plus sacrés de m'arracher à sa pensée et de fuir loin d'elle, puis je versais de nouveau d'abondantes larmes et je me concertais avec Bendel pour savoir comment je pourrais lui rendre visite le soir même dans le jardin de l'inspecteur.

D'autres fois, je me berçais de grandes espérances en attendant la visite prochaine de l'inconnu à l'habit gris, et je me remettais à pleurer quand j'avais en vain cherché à me persuader. J'avais marqué le jour où je pensais revoir cet homme terrible ; il avait dit : « D'aujourd'hui en un an », et je croyais à sa parole.

Les parents étaient de bonnes et honnêtes gens, un peu avancés en âge, qui avaient pour leur unique enfant une extrême tendresse. Notre liaison les surprit alors qu'elle existait déjà et ils ne savaient ce qu'ils devaient faire. Jamais auparavant, ils n'avaient rêvé que le comte Pierre pût songer à leur fille, et maintenant il l'aimait et en était aimé. La mère avait encore assez de vanité pour croire à la possibilité d'une alliance et pour faire des efforts dans ce but, mais le bon sens du père repoussait des idées si extravagantes. Tous deux étaient convaincus de la pureté de mon amour ; ils ne pouvaient rien faire que prier pour leur enfant.

Il me tombe sous la main une lettre de Mina que j'ai encore depuis cette époque. Oui; c'est son écriture ! Je vais t'en donner la copie.

« Je suis une jeune fille, faible et insensée, j'ai pu me figurer que tu ne voudrais pas me faire de chagrin, parce que je t'aime du plus profond de mon cœur. Hélas ! tu es si bon, si inexprimablement bon, mais n'interprète pas mal mes paroles. Il ne faut pas que tu sacrifies, ni que tu veuilles rien sacrifier pour moi. Mon Dieu, je pourrais me haïr, si tu le faisais. Non, tu m'as rendue infiniment heureuse, tu m'as appris à t'aimer. Pars ! Je connais mon destin : le comte Pierre ne m'appartient pas, mais il appartient au monde entier. Je serai fière quand on me dira : Il a été ceci, il a été cela. Voilà ce qu'il a fait. Ici, on l'a adoré, là, il fut idolâtré. Vois-tu, quand j'y pense, je t'en veux de ce que tu peux oublier ta haute destinée près d'une pauvre enfant. Pars, sinon je me sentirai malheureuse, moi qui, hélas, suis si heureuse ! N'ai-je pas mêlé à ta vie un rameau d'olivier et un bouton de rose, comme dans la couronne que j'osai te présenter ? Je te possède dans mon cœur, mon bien-aimé, ne crains pas de me quitter. Je mourrai heureuse, oui, ineffablement heureuse par toi. »

Tu peux te figurer combien ces paroles devaient me percer le cœur. Je lui déclarai que je n'étais pas ce qu'elle pensait, que je n'étais qu'un homme riche, infiniment misérable. « Sur moi, lui dis-je, repose une malédiction, le seul mystère entre toi et moi, parce que je ne désespère pas encore de la voir disparaître. Voilà ce qui empoisonne mes jours. Je pourrais t'entraîner avec moi dans l'abîme, toi, l'unique flambeau, l'unique bonheur, l'unique amour de ma vie ».

Elle se reprit à pleurer en me voyant malheureux. Elle était si tendre, si bonne ! Pour racheter une seule de mes larmes, elle se serait sacrifiée elle-même entièrement et avec quelle félicité !

Elle était cependant bien loin d'interpréter mes paroles d'une manière exacte, elle supposait que j'étais quelque prince frappé d'un cruel bannissement ou peut-être une tête couronnée mise à prix, et son imagination se représentait sans cesse le bien-aimé sous les figures les plus héroïques.

Un jour, je lui dis :

« Mina, le dernier jour du mois prochain peut changer mon cœur et décider de mon sort. Si je suis trompé dans mon espoir, je n'aurai plus qu'à mourir, parce que je ne veux pas te rendre malheureuse. »

Elle cacha sa tête sur ma poitrine en pleurant.

« Si ton sort change, laisse-moi seulement te savoir heureux ; je n'ai aucun droit sur toi. Si tu es malheureux, attache-moi à ta misère et je t'aiderai à la supporter.

— Jeune fille, jeune fille, rétracte ce mot imprudent, cette parole insensée qui s'est échappée de tes lèvres. La connais-tu cette misère, la connais-tu cette malédiction ? Sais-tu ce qu'est ton bien-aimé... ce qu'il... ? Ne vois-tu pas que je frémis convulsivement pour te cacher un secret ! »

Elle tomba à mes pieds en sanglotant et me répéta sa prière avec serment.

Je déclarai à l'inspecteur des forêts qui venait d'entrer mon intention de lui demander la main de sa fille le premier jour du mois prochain. Je fixais ce temps parce que, jusqu'alors, il pourrait arriver certaines choses qui auraient une influence sur ma destinée. Seul, mon amour pour sa fille était invariable.

Le bonhomme eut vraiment l'air tout effrayé en entendant de pareilles paroles sortir de la bouche du comte Pierre. Il me sauta au cou et rougit ensuite de s'être oublié. Puis il se mit à douter, à faire des réflexions et à prendre des informations; il parla de dot, de sûreté, de l'avenir de son cher enfant. Je le remerciai de me l'avoir rappelé et lui dis que je désirais m'établir dans ce pays où je paraissais être aimé, et y mener une vie sans inquiétude. Je le priai d'acheter sous le nom de sa fille les plus belles terres qui seraient mises en vente aux environs et d'en faire toucher le prix chez moi. C'était ainsi qu'un père pouvait rendre le plus grand service à celui qui aimait sa fille. Ceci lui donna beaucoup à faire, car partout un inconnu l'avait précédé et il n'en put acheter que pour un million environ.

Je l'occupais ainsi pour l'éloigner par une ruse innocente; j'en avais déjà employé de pareilles avec lui, car je dois avouer qu'il était quelque peu importun. La bonne mère, au contraire, était un peu sourde et n'était pas, comme lui, jalouse de l'honneur d'entretenir M. le comte.

Celle-ci arriva sur ces entrefaites, et ces gens heureux me pressèrent de prolonger ma soirée chez eux, mais je n'osais rester une minute de plus, je voyais déjà la lune poindre à l'horizon, mon temps était écoulé.

Le soir suivant, je retournai dans le jardin de l'inspecteur. J'avais jeté mon manteau sur les épaules et enfoncé mon chapeau sur mes yeux. Mina m'aperçut et ne put réprimer un tressaillement involontaire. Je revis alors en esprit l'apparition de cette nuit terrible, où je m'étais montré sans ombre à la clarté de la lune. C'était elle, en vérité ! Me reconnaissait-elle aussi, maintenant ? Elle était silencieuse et absorbée dans ses réflexions et je sentais ma poitrine oppressée d'un poids énorme. Je me levai de mon siège. Elle se jeta en pleurant sur mon cœur sans rien dire. Je m'éloignai.

Dès lors, je la trouvai souvent baignée de larmes, mon cœur devenait de plus en plus sombre ; il n'y avait que les parents qui nageaient dans un océan de félicité. Le jour fatal approchait menaçant comme une nuée d'orage. Je ne pouvais presque plus respirer. Par précaution, j'avais rempli d'or quelques caisses et

Je retombai sur ma couche, désespéré, pleurant à chaudes larmes (Page 55).

j'attendais la douzième heure en veillant. — L'heure sonna.

Assis, le regard fixé sur l'aiguille de la pendule, je comptais les minutes, les secondes qui étaient pour moi des coups de poignard. Je me levais en sursaut au moindre bruit qui se faisait entendre. Ce jour commença à poindre. Les heures de plomb se succédèrent avec une lenteur effrayante. Midi, le soir, la nuit arrivèrent, les aiguilles avançaient et mon espoir se dissipait ; onze heures sonnèrent et rien ne paraissait, les dernières minutes de la dernière heure s'écoulèrent : rien. Le premier coup, le dernier coup de marteau de la douzième heure retentit, et je retombai sur ma couche, désespéré, pleurant à chaudes larmes. Et moi, privé d'ombre à jamais, je devais le lendemain demander la main de ma bien-aimée! Un sommeil agité me ferma les yeux vers le matin.

## V

Il était encore de bonne heure quand je fus réveillé par des voix qui se disputaient avec violence dans mon vestibule. Je prêtai l'oreille. Bendel défendait ma porte, Rascal jurait ses grands dieux qu'il n'avait pas à recevoir d'ordres de son égal, et persistait à vouloir pénétrer dans ma chambre. Le bon Bendel lui faisait observer que, si de telles paroles parvenaient à mes oreilles, il perdrait une place avantageuse. Rascal menaçait de porter la main sur lui, s'il lui barrait le passage plus longtemps.

Je m'étais habillé à moitié; irrité, j'ouvris la porte et dis brusquement à Rascal :

« Que veux-tu, misérable ? »

Il fit deux pas en arrière et me répondit froidement :

« Vous prier bien humblement, Monsieur le comte, de me faire voir une fois votre ombre : le soleil éclaire si bien la cour en ce moment ! »

J'étais comme frappé de la foudre. Il me fallut longtemps avant de retrouver la parole.

« Comment un valet peut-il se permettre à l'égard de son maître...? »

Il me coupa la parole avec calme :

« Un valet peut être un très honnête homme et ne pas vouloir servir un maître sans ombre ; j'exige mon congé. »

Il me fallut baisser le ton.

« Rascal, mon cher Rascal, lui dis-je, qui a pu te suggérer cette malheureuse idée ? Comment peux-tu penser ...? »

Il continua sur le même ton :

« Il y as de gens qui veulent prétendre que vous n'avez point d'ombre. Bref, vous me montrerez votre ombre ou me donnerez mon congé ! »

Bendel, pâle et tremblant, mais avec plus de sang-froid que moi, me fit signe. J'eus recours à l'or, au moyen qui aplanit tout. — Mon or avait perdu son pouvoir. Rascal jeta la somme à mes pieds.

« Je n'accepte rien d'un homme sans ombre », me dit-il.

Il me tourna le dos et sortit lentement de la chambre, le chapeau sur la tête, en sifflant une chansonnette. Bendel et moi nous étions comme pétrifiés, et nous le regardions partir, étourdis et immobiles.

Poussant de profonds soupirs et la mort dans l'âme, je me mis enfin en devoir de dégager ma parole et de me rendre au jardin de l'inspecteur des forêts comme un criminel devant ses juges. Je descendis sous l'épaisse charmille à laquelle on avait donné mon nom et où l'on devait m'attendre encore ce jour-là. La mère vint à ma rencontre d'un air insouciant et gai. Mina était assise, pâle et belle comme la première neige qui tombe parfois en automne sur les fleurs et se change bientôt en un liquide pernicieux. L'inspecteur des forêts, une lettre à la main, allait et venait à pas précipités, et paraissait refouler en lui différents sentiments qui se lisaient sur son visage ordinairement immobile et dont la pâleur alternait avec la rougeur. Il vint à moi lorsque j'entrai, et demanda en mots souvent entrecoupés à me parler seul. L'allée où il m'invitait à le suivre conduisait à une place en plein soleil. Je m'assis sans mot dire sur un siège et il se fit un long silence que n'osa même interrompre la bonne mère.

L'inspecteur continuait cependant sa promenade agitée sous la charmille. Tout à coup, il s'arrêta devant moi, jeta un coup d'œil sur le papier qu'il tenait à la main et me demanda en me lançant un regard perçant :

« Monsieur le comte, un certain Pierre Schlemihl ne vous serait-il vraiment pas inconnu ? »

Je me tus.

« Un homme d'un caractère excellent et possédant des talents particuliers. »

Il attendait une réponse.

« Et si j'étais moi-même cet homme?

— Qui a perdu son ombre!! ajouta-t-il avec violence.

— Oh! mes soupçons! mes soupçons, s'écria Mina. Oui, je le sais depuis longtemps qu'il n'a pas d'ombre! »

En disant ces mots, elle se jeta dans les bras de sa mère qui, effrayée, la serra convulsivement sur son cœur et lui reprocha d'avoir gardé pour elle un secret qui faisait son malheur. Quant à elle, on eût dit Aréthuse changée en une fontaine de pleurs qui coulaient avec plus d'abondance au son de ma voix et devinrent, à mon approche, un torrent impétueux.

« Et vous ne vous êtes fait aucun scrupule, reprit le père furieux, de nous tromper, elle et moi, avec une audace inouïe? Et vous prétendez aimer celle que vous avez avilie d'une telle façon? Voyez comme elle pleure en se tordant les mains. C'est affreux, affreux! »

Je me trouvais dans une telle perplexité que je dis comme un homme en délire :

« A la fin, une ombre n'est qu'une ombre, on peut arriver sans elle et ce n'est pas la peine de faire un pareil scandale pour si peu de chose. »

Mais je sentais tellement le peu de fondement de ce que je disais que je m'arrêtai sans qu'il eût daigné m'adresser une réponse.

« Ce qu'on a perdu, ajoutai-je, on peut le retrouver. »

Il me répondit d'un ton brusque et irrité :

« Avouez, Monsieur, avouez de suite : Comment avez-vous perdu votre ombre ? »

J'eus de nouveau recours au mensonge.

« Un jour, un grossier manant marcha si bêtement sur mon ombre qu'il y fit un grand trou ; je l'ai donnée à raccommoder, car on peut beaucoup avec de l'or, et j'aurais dû déjà la recevoir hier.

— Bien, Monsieur, très bien ! répondit l'inspecteur. Vous demandez ma fille en mariage, d'autres le font aussi ; mon devoir de père est de veiller sur ses intérêts. Je vous donne trois jours de répit pendant lesquels vous tâcherez de trouver une ombre ; si d'ici à trois jours vous paraissez devant moi avec une ombre qui vous aille bien, vous serez le bienvenu ; mais le quatrième jour, je vous le déclare, ma fille sera la femme d'un autre.

Je voulus alors essayer d'adresser la parole à Mina, mais elle se serra encore plus fortement contre sa mère, en sanglotant, et celle-ci, sans prononcer une parole, me fit signe de m'éloigner. Je partis en chancelant et il me sembla que le monde se fermait derrière moi. Échappé à la tendre surveillance de Bendel, je parcourus d'une course désordonnée les forêts et les campagnes. Une sueur froide découlait de mon front, de rauques soupirs s'échappaient de ma poitrine, un délire furieux grondait en moi.

Je ne sais combien de temps s'était écoulé lorsque je me sentis retenu par la manche de mon habit dans un bocage exposé au soleil. Je m'arrêtai et regardai autour de moi... C'était l'homme à l'habit gris qui paraissait m'avoir suivi à perte d'haleine. Il prit aussitôt la parole :

« J'avais annoncé ma visite pour aujourd'hui et vous n'avez pu attendre l'heure. Mais rien n'est encore perdu. Suivez mon conseil, reprenez votre ombre et retournez de suite sur vos pas. Vous serez le bienvenu dans le jardin de l'inspecteur et tout ceci n'aura été qu'une plaisanterie. Je me charge de

Rascal qui vous a trahi et qui demande la main de votre fiancée ; le fripon est mûr ! »

Je croyais être encore plongé dans le sommeil. « Annoncé pour aujourd'hui. » Je supputai l'époque encore une fois. Il avait raison, je m'étais toujours trompé d'un jour dans mon calcul. Je cherchai avec la main droite le sac suspendu à mon cou ; il devina mon dessein et fit deux pas en arrière.

« Non, Monsieur le Comte. Il est en trop bonnes mains, gardez-le. »

Je le fixai, les yeux hagards, étonnés. Il poursuivit :

« Je vous prie seulement de me donner une bagatelle en souvenir. Ayez la bonté de me signer ce billet. »

Les mots suivants étaient écrits sur le parchemin :

« En vertu de ma signature, je lègue au porteur de ce billet mon âme après sa séparation naturelle de mon corps. »

Je regardai alternativement avec un étonnement muet le billet et l'inconnu à l'habit gris.

Il avait pendant ce temps recueilli avec une plume fraîchement taillée une goutte de sang qui coulait d'une égratignure que je m'étais faite à la main dans les buissons et me la présenta.

« Qui donc êtes-vous ? lui demandai-je enfin.

— Peu importe, me répondit-il. Ne le devine-t-on pas ? Je suis un pauvre diable, une espèce de savant et de physicien qui recueille de l'ingratitude de ses amis pour les excellents services qu'il leur rend, et qui, sur la terre, n'a pour lui-même d'autre plaisir que le peu d'expériences qu'il fait. Mais signez donc, à droite dans le bas : Pierre Schlemihl. »

Je secouai la tête et lui dis :

« Pardonnez-moi, Monsieur, je ne signe pas cela.

— Vous ne voulez pas ! répéta-t-il étonné, et pourquoi non ?

— Il me semble cependant que c'est une chose grave d'échanger mon âme pour une ombre !

— Tiens ! tiens, cela vous paraît grave ! » répéta-t-il.

Puis, poussant un éclat de rire moqueur, il continua :

« Oserais-je vous demander ce que c'est que votre âme ? L'avez-vous jamais vue ? Et que pensez-vous en faire quand une fois vous serez mort ? Soyez donc content de trouver un amateur qui, de votre vivant, veut encore vous payer en valeur réelle le legs de cet X algébrique, de cette force galvanique ou de cette action polarisante et de tout ce que peut être cette drôle de chose. Il veut vous la payer avec votre ombre, au moyen de laquelle vous pouvez parvenir à la main de votre bien-aimée et à l'accomplissement de tous vos vœux. Préférez-vous livrer vous-même cette pauvre jeune fille à cet ignoble Rascal ? — Non, il faut que vous le voyiez de vos propres yeux. Venez, je vais vous prêter ce bonnet qui rend invisible (il chercha quelque chose dans sa poche), et nous irons, sans être aperçus, faire une promenade dans le jardin de l'inspecteur. »

Je dois avouer que je rougissais d'être le but des railleries de cet homme. Je le haïssais du plus profond de mon âme, et je crois que cette antipathie personnelle m'empêcha, plus que mes principes ou mes préjugés, de racheter mon ombre au prix de la signature désirée, quelque nécessaire qu'elle me fût. La pensée d'entreprendre en sa compagnie la course qu'il me proposait m'était aussi insupportable. Mes sentiments les plus intimes se révoltaient de voir ce hideux espion, ce lutin à l'air moqueur, se placer avec son rire sardonique, entre moi et ma bien-aimée, entre deux cœurs saignants et brisés. Je considérai les événements comme une fatalité et mon malheur comme irréparable ; puis, me tournant vers cet homme, je lui dis :

« Monsieur, je vous ai vendu mon ombre pour ce sac dont les qualités sont excellentes et je m'en suis assez repenti. Le marché peut-il être résilié, au nom de Dieu ? »

Il secoua la tête et sa physionomie prit un air sinistre.

« Alors, continuai-je, je ne veux plus rien vous vendre de ce qui m'appartient, quand même ce serait au prix de mon ombre, et je ne signerai rien. Vous avouerez que l'essai du bonnet invisible auquel vous m'avez invité serait plus amusant pour vous que pour moi. Veuillez donc m'excuser, et puisqu'il n'en peut être autrement, séparons-nous.

— Je suis peiné, Monsieur Schlemihl, que vous persistiez à refuser ce que je vous ai amicalement proposé. Peut-être serai-je pourtant plus heureux une autre fois. Au revoir, à bientôt... A propos, permettez-moi encore de vous montrer que je ne laisse aucunement se détériorer les choses que j'achète, mais que j'en prends soin et qu'elles sont bien conservées chez moi. »

Il retira aussitôt mon ombre de sa poche, et la déployant d'un jet habile sur la bruyère, il l'étendit du côté du soleil à ses pieds, de sorte qu'il marchait entre les deux ombres qui le suivaient, entre la mienne et la sienne, car la mienne devait lui obéir également, se régler sur lui et se prêter à tous ses mouvements. Quand, après un aussi long temps, je revis ma pauvre ombre et que je la trouvai abaissée à un si odieux service, alors que j'étais, à cause d'elle, dans une détresse inexprimable, mon cœur se brisa et je commençai à pleurer amèrement. Cet homme odieux se promenait fièrement avec le butin qu'il m'avait enlevé ; il me renouvela effrontément sa proposition.

« Vous pouvez encore l'avoir, un trait de plume et vous sauvez la pauvre et malheureuse Mina des griffes du coquin pour la mettre dans les bras du très honoré comte. Il ne faut qu'un trait de plume comme je vous l'ai dit. »

Mes pleurs coulèrent alors avec plus d'abondance, mais je me détournai, et lui fis signe de s'éloigner.

Bendel qui, plein d'inquiétude, avait suivi mes traces jusque-là, arriva en ce moment. Quand cette bonne âme si fidèle me trouva en larmes et qu'il vit au pouvoir de cet étrange inconnu en habit gris mon ombre qu'il ne put méconnaître, il résolut aussitôt de me remettre en possession de mon bien, dût-il employer la violence. Comme il ne savait pas aller délicatement en besogne, il s'adressa aussitôt à cet homme avec vivacité et sans beaucoup de discours, en lui ordonnant de remettre sur le champ ce qui m'appartenait. Pour toute réponse, celui-ci tourna le dos au naïf garçon et s'en alla. Alors Bendel leva le gourdin d'aubépine qu'il avait dans la main, et le suivant sur les talons, lui fit sentir sans pitié la vigueur de son bras nerveux en lui répétant l'ordre de me rendre mon ombre. L'homme, paraissant habitué à un pareil traitement, courbait la tête, arrondissait le dos et continuait sans mot dire et d'un pas tranquille son chemin à travers la bruyère, en m'enlevant en même temps mon ombre et mon fidèle serviteur. J'entendis encore longtemps un bruit sourd retentir à travers cette solitude, jusqu'à ce qu'il se perdît enfin dans le lointain. Je me trouvais de nouveau seul avec mon infortune, comme auparavant.

# VI

Quand je me vis abandonné dans cette bruyère solitaire, je donnai libre cours à mes larmes, pour soulager mon pauvre cœur du poids sans nom qui l'oppressait. Cependant je ne voyais pas de limites à mon immense misère, pas d'issue, pas de but, et je buvais surtout avec fureur le nouveau poison que l'inconnu avait versé dans mes plaies. Lorsque mon âme appelait Mina et que son doux et bien-aimé visage m'apparaissait pâle et baigné de larmes, l'ombre de Rascal se plaçait avec un air effronté et moqueur entre elle et moi ; je me couvrais la figure et je fuyais à travers la solitude, mais cette horrible apparition ne me lâchait pas ; elle me poursuivait dans ma course. Enfin, hors d'haleine, je tombai sur le sol que j'inondai d'un nouveau torrent de pleurs.

Et je souffrais tout cela pour une ombre ! Et j'aurais pu racheter cette ombre d'un trait de plume ! Je réfléchissais sur cette proposition étrange et sur mon refus. J'étais tout bouleversé, je n'avais plus ni intelligence, ni jugement.

Le jour s'écoula. J'apaisai ma faim avec des fruits sauvages et ma soif au ruisseau voisin ; la nuit vint et je me couchai sous un arbre. La rosée du matin me réveilla d'un sommeil de plomb, pendant lequel je m'entendais râler comme si j'étais à l'agonie. Bendel devait avoir perdu mes traces, et je me réjouissais à cette pensée. Je ne voulais plus retourner parmi les hommes, devant lesquels je fuyais craintif, comme le timide gibier de la montagne. C'est ainsi que je passai trois jours pleins d'angoisse.

Le matin du quatrième, je me trouvais dans une plaine sablonneuse baignée par le soleil et je m'étais assis à ses rayons sur les débris de rochers, car maintenant j'aimais à jouir de sa vue dont j'avais été privé si longtemps. Je nourrissais en silence mon cœur de son propre désespoir. Un léger bruit me fit tout à coup tressaillir, je jetai un regard autour de moi, prêt à fuir. Je n'aperçus personne, mais je vis à côté de moi, sur le sable ensoleillé, une ombre humaine, qui ressemblait à la mienne, et qui paraissait, en marchant ainsi seule, avoir perdu son maître.

Je sentis alors se réveiller en moi un penchant irrésistible.

« Ombre ! me dis-je, cherches-tu ton maître ? Je veux être le tien. »

Je bondis pour m'en emparer : je pensais en effet que si je réussissais à marcher dans ses traces, de manière qu'elle vînt à mes pieds, elle y resterait probablement attachée et, avec le temps, s'habituerait à moi.

En voyant mon mouvement, l'ombre prit la fuite et je fus obligé de faire une chasse acharnée à ce léger fuyard. Seule la pensée de sortir de ma terrible position put me donner des forces suffisantes. Elle fuyait vers une forêt encore éloignée, il est vrai, sous l'ombrage de laquelle je l'aurais nécessairement perdue. Cette crainte fit palpiter mon cœur, enflamma mon désir, accéléra ma course :

Je gagnais visiblement du terrain sur l'ombre
(Page 73).

je gagnais visiblement du terrain sur l'ombre, je m'en approchais de plus en plus, j'allais l'atteindre. Tout à coup elle s'arrêta et se retourna vers moi. D'un bond prodigieux, je me précipitai comme le lion sur sa proie pour en prendre possession, lorsque je rencontrai à l'improviste une résistance corporelle. Une invisible main me porta les coups les plus terribles que jamais peut-être un homme ait ressentis.

L'effet de ma frayeur fut de fermer convulsivement les bras et de serrer fortement ce qui était devant moi et que je ne pouvais voir. Dans cette action rapide je tombai en avant sur le sol, mais, sous moi, renversé sur le dos, se trouvait un homme que je tenais enlacé et qui seulement alors devint visible.

Maintenant je pouvais m'expliquer cet incident tout naturellement. Cet homme avait dû porter jusque-là le nid d'oiseau qui rend invisible celui qui le tient, mais non son ombre, et l'avait laissé tomber dans sa chute. Je regardai attentivement autour de moi, et découvris bientôt l'ombre du nid invisible. Aussitôt je me relevai pour m'élancer et ne pas manquer ce butin précieux. En tenant le nid dans mes mains, j'étais devenu invisible sans projeter d'ombre. L'homme s'était relevé rapidement cherchant des yeux son heureux vainqueur, mais dans la vaste plaine ensoleillée, il n'aperçut ni lui, ni son ombre qu'il cherchait partout avec inquiétude. Il n'avait pas eu auparavant le temps de remarquer que je n'avais pas d'ombre, et il ne pouvait le soupçonner. Après s'être assuré que toute trace avait disparu, il tourna, dans son violent désespoir, la main contre lui-même en s'arrachant les cheveux. Le trésor que j'avais conquis me donna la possibilité et en même temps l'envie de me mêler de nouveau à la société des humains. Je ne manquais pas de prétexte pour pallier à mes yeux mon vil larcin ou plutôt je n'en avais pas besoin. Afin d'échapper à toute réflexion semblable je m'éloignai rapidement sans jeter un regard en arrière sur le malheureux dont j'entendis encore longtemps retentir derrière moi la voix inquiète.

Telles du moins me parurent alors toutes les circonstances de cet événement.

Je brûlais du désir de me rendre au jardin de l'inspecteur des forêts et de me convaincre par moi-même que cet homme odieux m'avait dit la vérité. Mais je ne savais où je me trouvais : je montai sur la colline voisine pour reconnaître la contrée. Je découvris à mes pieds, du haut du sommet, la petite ville et le jardin de l'inspecteur. Mon cœur battait avec violence et des larmes bien différentes de celles que j'avais versées jusqu'alors me vinrent aux yeux : j'allais la revoir ! Un désir inquiet précipitait mes pas sur le sentier le plus direct. Je passai sans être vu près de quelques paysans qui revenaient de la ville. Ils parlaient de moi, de Rascal, de l'inspecteur des forêts : je ne voulus pas les écouter et passai près d'eux en courant.

J'entrai dans le jardin, le cœur rempli de toutes les angoisses de l'attente, je crus entendre aux environs un éclat de rire. Je frissonnai, tout en jetant un regard rapide autour de moi, mais je ne pus découvrir personne. Je m'avançai davantage, il me sembla percevoir à côté de moi un bruit de pas d'homme, mais je ne pus rien distinguer; je pensai que mes oreilles m'avaient trompé. Il était encore de bon matin, la charmille du comte Pierre était déserte et le jardin encore vide. Je parcourus les allées si connues, je m'avançai jusque devant la maison. Le même bruit me poursuivait plus distinctement. Le cœur plein d'angoisses, je m'assis sur un banc qui se trouvait placé au soleil vis-à-vis de la porte. Il me sembla que l'invisible lutin s'asseyait près de moi et riait d'un air moqueur. On tourna la clef dans la serrure, la porte s'ouvrit et l'inspecteur des forêts sortit avec des papiers à la main. Je sentis en même temps qu'on m'enveloppait la tête d'un brouillard : je regardai et frissonnai d'horreur ! — l'homme à l'habit gris était assis près de moi et me regardait avec un sourire diabolique. Il avait étendu sur ma tête son bonnet magique et mon ombre se trouvait paisiblement à ses pieds à côté de la sienne ;

il jouait négligemment avec le fatal parchemin. Tandis que l'inspecteur, bien affairé des papiers qu'il tenait, se promenait de long en large à l'ombre de la charmille, il se pencha familièrement à mon oreille et me murmura les paroles suivantes : « Vous avez pourtant accepté mon invitation et nous voici deux têtes sous le même bonnet. Fort bien, c'est fort bien ! Maintenant, rendez-moi mon nid d'oiseau, vous n'en avez plus besoin et vous êtes un trop honnête homme pour vouloir garder le bien d'autrui. Ne m'en remerciez pas cependant, je vous assure que je vous l'ai prêté de bon cœur. »

Il le prit hors de mes mains sans que je fisse de difficultés, le mit dans sa poche et me regarda d'un œil narquois en riant si fort que l'inspecteur se retourna pour découvrir d'où venait ce bruit. J'étais là comme pétrifié.

« Vous devez pourtant m'avouer, continua-t-il, qu'un pareil bonnet est beaucoup plus commode que le nid : il ne couvre pas seulement son propriétaire, mais encore son ombre et encore autant d'ombres qu'il lui prend fantaisie d'en avoir avec lui. Voyez, aujourd'hui, j'en mène deux à ma suite. »

Il se mit à rire de nouveau.

« Retenez bien ceci, Schlemihl, ce que l'on ne veut pas faire de bon gré au commencement, on doit le faire forcément à la fin. Je me figure encore que vous me rachèterez cette bagatelle, que vous reprendrez votre fiancée (il en est temps encore) et que nous ferons balancer Rascal à la potence : cela vous sera facile, aussi longtemps que nous ne manquerons pas de cordes ! Écoutez, je vous donnerai encore mon bonnet par-dessus le marché. »

La mère sortit et la conversation commença.

« Que fait Mina ?

— Elle pleure.

« Quelle sotte enfant ! on ne peut pourtant pas y remédier !

— C'est vrai ! Mais la donner si vite à un autre ! Oh ! père ! tu es cruel avec ton unique enfant !

— Non, ma femme, tu vois cela sous

un faux jour. Quand, avant d'avoir fini de verser des larmes qui sont bien puériles, elle se trouvera la femme d'un homme très riche et très considéré, elle se réveillera comme d'un rêve, consolée de sa douleur, et en remerciera Dieu et nous, tu verras cela !

— Dieu le veuille !

— Elle possède maintenant, il est vrai, des biens très considérables ; mais crois-tu qu'après l'éclat qu'a fait cette malheureuse histoire avec l'aventurier, il se trouve de sitôt pour elle un parti si convenable que M. Rascal ? Il a acheté comptant dans le pays pour six millions de terres libres d'hypothèques. J'en ai les titres entre les mains. C'était lui qui autrefois me prévenait dans les ventes pour acquérir ce qu'il y avait de mieux, et il a en outre en portefeuille pour près de trois millions et demi de papier sur Thomas John.

— Il faut qu'il ait beaucoup volé !

— Que signifient ces paroles ? Il a sagement économisé au temps où l'on jetait l'argent par les fenêtres.

— Un homme qui a porté la livrée !...

— Quelle sottise ! Il a pourtant une ombre irréprochable.

— Tu as raison, mais... »

L'homme à l'habit gris se mit à rire en me regardant. La porte s'ouvrit pour laisser passer Mina. Elle s'appuyait sur le bras d'une femme de chambre : des larmes silencieuses coulaient le long de ses belles joues pâles. Elle s'assit sous les tilleuls sur un siège qu'on avait préparé pour elle, et son père prit place dans un fauteuil à côté d'elle. Il lui prit tendrement la main et lui dit ces paroles affectueuses, tandis qu'elle recommençait à pleurer avec plus de violence :

« Tu es ma bonne, ma chère enfant, tu seras également raisonnable, tu ne voudras pas affliger ton vieux père qui ne désire que ton bonheur. Je comprends bien, ma chère enfant, que tout cela t'a bien ébranlée, tu as échappé par miracle à ton infortune ! Avant que nous eussions découvert cette infâme fourberie, tu as beaucoup aimé cet homme indigne, je le sais et je ne t'en fais point de reproches. Moi-même, ma chère enfant, je l'ai aimé aussi tant que je l'ai pris pour un grand seigneur. Maintenant tu reconnais toi-même qu'il en est tout autrement. Quoi ! chaque barbet a son ombre, et ma chère et unique enfant aurait dû épouser un homme qui... Non, certainement, tu ne penses plus du tout à lui. Écoute-moi, Mina. En ce moment, un homme qui ne craint pas le soleil, un homme respectable, qui n'est cependant pas un prince, mais qui possède dix millions de fortune, dix fois plus que tu ne possèdes, un homme qui rendra heureuse ma chère enfant, te demande en mariage. Ne me réponds rien, ne résiste pas, sois ma bonne fille obéissante, laisse ton père qui t'aime prendre soin de tes intérêts et sécher tes larmes. Promets-moi de donner ta main à M. Rascal. Dis, veux-tu me le promettre ? »

Elle répondit d'une voix mourante :

« Je n'ai plus de volonté, plus de désir ici-bas. Que l'on fasse de moi ce que mon père voudra. »

En même temps on annonça M. Rascal

qui entra hardiment dans le cercle. Mina était évanouie. Mon odieux compagnon me jeta un regard courroucé et me dit rapidement à voix basse :

« Et vous pouvez supporter cela ? Est-ce du sang qui coule dans vos veines ? »

Il me fit d'un mouvement rapide une légère blessure à la main, le sang coula :

« C'est vraiment du sang vermeil ! Mais signez donc ! »

J'avais le parchemin et la plume dans les mains.

## VII

Je veux m'en remettre à ton jugement, cher Chamisso, et je ne veux pas chercher à te gagner. Moi-même, je me suis jugé sévèrement ; j'ai prononcé une sentence et je l'ai exécutée, car j'ai nourri le ver rongeur dans mon âme. Ce moment décisif de ma vie était sans cesse présent à mon souvenir, et je n'osais y penser sans me sentir couvert de honte et brisé de repentir.

Mon cher ami, celui qui s'écarte étourdiment du droit chemin est entraîné à l'improviste dans d'autres sentiers qui le conduisent au précipice. C'est en vain qu'il voit briller au ciel les étoiles conductrices, il ne lui reste plus d'alternative, il doit marcher vers l'abîme sans pouvoir s'arrêter, et se sacrifier lui-même à Némésis. Après l'imprudent faux-pas qui avait attiré sur moi la malédiction, j'avais, par un amour inconsidéré, enchaîné à mon sort celui d'une autre créature : que me restait-il à faire, sinon de m'élancer à corps perdu pour porter le salut où j'avais semé la ruine, où l'on exigeait de moi une prompte délivrance, car la dernière heure sonnait. N'aie pas de moi, cher Adelbert, une si basse opinion, ne crois pas que le prix me parût trop élevé et que j'aie préféré mon or à ce qui m'appartenait réellement. Non, Adelbert, mais mon âme était remplie de haine pour ce sournois indéchiffrable qui ne suivait que des chemins détournés. Je lui faisais peut-être tort, mais toute relation avec lui me révoltait. Hélas ! comme cela m'était déjà arrivé si souvent dans la vie, et comme cela se passe ordinairement dans l'histoire du monde, un événement remplaça une action. Depuis, je me suis réconcilié avec moi-même. J'ai appris d'abord à révérer la nécessité, et qu'est-ce qui lui appartient plus que le fait accompli et l'événement arrivé! De plus, j'ai appris aussi à respecter cette nécessité comme une sage disposition qui fait mouvoir tout ce grand mécanisme où nous ne sommes que des rouages poussés et mis en mouvement; il faut que ce qui doit être se fasse, il fallait que ce qui devait être se fît, grâce à cette impulsion que j'appris enfin à vénérer dans mon destin et dans celui des autres que le mien entraînait avec moi.

Je ne sais si je dois l'attribuer à la tension de mon âme obéissant à de si puissantes émotions, ou à l'épuisement de mes forces physiques, affaiblies par le manque inaccoutumé de nourriture des derniers jours, ou enfin à la révolte funeste que le voisinage de ce démon en habit gris excitait dans tout mon être. Quoi qu'il en soit, au moment de signer, je tombai profondément évanoui, et je restai longtemps dans les bras de la mort.

Des trépignements de pied et des imprécations furent les premiers sons qui frappèrent mon oreille quand je repris connaissance. J'ouvris les yeux, il faisait nuit, mon odieux compagnon s'empressait autour de moi en maugréant.

« N'est-ce pas se conduire comme une vieille femme ? Qu'on se remette et qu'on exécute sur le champ ce qu'on a résolu, ou bien a-t-on changé d'idée et préfère-t-on larmoyer ? »

Je me relevai péniblement de la terre où j'étais couché et regardai autour de moi en silence. Il faisait nuit sombre. De la maison de l'inspecteur brillamment illuminée retentissait une musique de fête, quelques groupes d'invités se promenaient dans les allées du jardin. Un couple s'approcha en causant et s'assit sur le siège où je me trouvais auparavant. On s'entretenait du mariage qui avait eu lieu le matin entre le riche M. Rascal et la fille de la maison. C'était donc fini.

J'enlevai avec la main de dessus ma

tête le bonnet magique de l'inconnu qui disparut aussitôt à mes yeux, et je courus, sans mot dire, vers la sortie du jardin, en profitant de la plus grande obscurité des bosquets et en passant par la charmille du comte Pierre. Mais mon invisible démon me suivit en me poursuivant de paroles acerbes.

« C'est donc le remerciement pour la peine qu'on a prise pendant toute la journée de soigner Monsieur qui a des nerfs délicats! Et il faut que je serve de bouffon dans cette comédie! Bien, Monsieur l'obstiné, prenez seulement la fuite devant moi, nous sommes inséparables malgré tout. Vous avez mon or et j'ai votre ombre, nous n'aurons plus de repos ni l'un ni l'autre. A-t-on jamais entendu dire qu'une ombre avait abandonné son maître? La vôtre m'entraîne à votre suite jusqu'à ce que vous l'acceptiez gracieusement et que j'en sois débarrassé. Vous devez réparer, mais trop tard, par ennui et par dégoût, ce que vous avez négligé de faire de bonne volonté. On n'échappe pas à sa destinée. »

Il continuait à m'entretenir sur le même ton, je fuyais en vain, il ne me lâchait pas, et gardant toujours son sujet de conversation, il me parlait d'un air moqueur de l'or et de l'ombre. Je ne pouvais parvenir à rassembler une seule pensée.

J'avais pris le chemin de ma maison en traversant des rues désertes. Quand je fus arrivé et que je la regardai, je pus à peine la reconnaître. Aucune lumière ne brillait derrière les vitres brisées. Les portes étaient fermées et aucun domestique ne se montrait à l'intérieur. On poussa un éclat de rire à mes côtés.

« Oui ! oui ! il en va ainsi. Mais vous trouverez cependant votre Bendel chez vous. On l'a renvoyé dernièrement par précaution, et il était si fatigué qu'il aura certainement gardé la maison. »

Il se remit à rire.

« En voilà un qui aura des histoires à raconter ! Eh bien ! bonne nuit pour aujourd'hui, et au revoir, à bientôt ! »

J'avais sonné à plusieurs reprises, une lumière apparut. Bendel demanda de l'intérieur qui avait sonné. Quand le bon garçon reconnut ma voix, il put à peine contenir ses exclamations. La porte s'ouvrit rapidement et nous tombâmes en pleurant dans les bras l'un de l'autre. Je le trouvai bien changé, affaibli et malade; quant à moi, mes cheveux étaient devenus tout gris.

Il me conduisit à travers les chambres dévastées dans un appartement intérieur épargné par le désastre; il apporta à boire et à manger, nous nous assîmes et il se remit à pleurer. Il me raconta que, dernièrement, il avait suivi longtemps, et en faisant une longue route, l'homme grêle en habit gris qu'il avait rencontré avec mon ombre; il avait ensuite perdu mes traces; succombant à la fatigue et ne pouvant plus me retrouver, il était revenu chez moi. Bientôt après, la populace, excitée par Rascal, avait attaqué la maison, enfoncé les fenêtres et assouvi sa soif de destruction. C'est ainsi qu'ils avaient agi avec leur bienfaiteur. Mes domestiques s'étaient enfuis de tous côtés. La police locale m'avait banni de la ville comme suspect et m'avait donné un délai de vingt-quatre heures pour quitter son territoire. Il ajouta encore bien des détails à ce que je savais de la fortune et du mariage de Rascal. Ce scélérat, qui était la cause de tout ce qui m'arrivait, devait avoir possédé mon secret dès le commencement ; il semblait qu'attiré par l'or, il avait su se glisser jusqu'à moi. Il s'était probablement procuré tout d'abord une clef de mon coffre-fort, qui lui avait servi à jeter les premiers fondements de cette fortune qu'il pouvait maintenant dédaigner d'augmenter.

Bendel me raconta tout cela en versant des torrents de larmes auxquelles se mêlait de nouveau la joie de me revoir, de me posséder, ajoutant qu'après s'être inquiété longtemps du sort que le malheur pouvait m'avoir fait, il était heureux de me retrouver si calme et si résigné. C'est en effet la forme que le désespoir avait prise en moi. Je voyais ma misère dans toute son étendue effrayante et immuable, j'avais répandu toutes mes larmes, aucun cri ne pouvait plus s'échapper de ma poitrine, j'opposais d'un air froid et indifférent ma tête nue à la nécessité.

« Bendel, lui dis-je, tu connais mon sort. Ce sévère châtiment ne m'atteint pas sans que je l'aie mérité. Il ne faut pas que toi, homme innocent, tu lies plus longtemps ton sort au mien, je ne le veux pas. Je pars encore cette nuit; selle-moi un cheval; je voyagerai seul, tu resteras, je le veux. Il doit y avoir encore ici quelques coffres remplis d'or, garde-les. Je vais parcourir le monde seul et vagabond, mais si jamais je vois une heure sereine me sourire encore, le bonheur se réconcilier avec moi, alors je penserai fidèlement à toi, car j'ai pleuré sur ton cœur fidèle dans des heures pénibles et douloureuses. »

Cet honnête homme dut obéir, le cœur brisé, au dernier ordre de son maître, ce qui l'effraya au plus profond de son âme. Je fus sourd à ses prières, à ses représentations, je fus aveugle pour ses larmes; il m'amena le cheval. Je pressai encore une fois sur mon cœur Bendel qui pleurait, sautai en selle et m'éloignai, à la faveur de la nuit, du tombeau de ma vie, sans m'inquiéter de la route où me conduirait mon cheval ; car je n'avais plus sur la terre ni but, ni désir, ni espérance.

## VIII

Un piéton se joignit bientôt à moi ; après avoir marché un instant auprès de mon cheval, il me pria de lui permettre de placer sur la croupe de ma monture un manteau qu'il portait, puisque nous faisions le même chemin. Je le laissai faire sans dire un mot. Il me remercia avec une aisance polie de ce léger service, fit l'éloge de mon cheval, en prit l'occasion d'exalter le bonheur et le pouvoir des riches et s'abandonna, je ne sais comment, à une sorte de monologue où j'étais le seul auditeur.

Il développa ses opinions sur la vie et sur le monde, toucha bientôt à la métaphysique dont on exige qu'elle trouve le mot qui puisse donner la solution de toutes les énigmes. Il démontra cette thèse avec beaucoup de clarté et se mit aussitôt en devoir d'y répondre. Tu sais, mon ami, que depuis que j'ai suivi les cours de tous les philosophes, j'ai reconnu clairement que je n'étais point appelé aux spéculations des écoles et que j'ai complètement abandonné cette branche. Depuis lors j'ai laissé dormir bien des questions, j'ai renoncé à savoir et à comprendre plusieurs choses, et me fiant à mon bon sens et à une voix intérieure, j'ai, comme tu me l'as conseillé, suivi ma propre voie autant qu'il a été en mon pouvoir. Cependant ce rhéteur qui avait un grand talent me parut élever un édifice bien disposé qui, solide sur ses fondements, montait et subsistait par une nécessité intérieure. Mais je m'aperçus qu'il y manquait tout à fait ce que j'aurais voulu y trouver, et ce ne fut plus pour moi qu'une simple œuvre d'art dont la perfection et la symétrie élégante ne servent qu'à récréer les yeux ; j'écoutais cependant avec plaisir cet homme éloquent qui avait détourné mon attention de mes douleurs pour la reporter sur lui et je me serais rendu volontiers à ses idées, s'il eût dominé mon âme comme mon esprit.

Cependant le temps s'était écoulé et, sans que j'y prisse garde, l'aube du jour commençait à éclairer le ciel ; je tressaillis lorsqu'en relevant les yeux, je vis à l'orient se déployer la magnificence des couleurs qui annoncent le prochain lever du soleil, et à cette heure où les ombres paraissent dans toute leur longueur, je ne découvrais dans la contrée ouverte aucun abri, aucun rempart contre ses rayons, et je n'étais pas seul ! Je jetai un regard sur mon compagnon et je frémis de nouveau. Ce n'était autre que l'homme à l'habit gris.

Il sourit de ma confusion, et continua sans me laisser prendre la parole.

« Réunissons pour un instant notre intérêt mutuel, comme c'est l'usage dans le monde, nous avons toujours le temps de nous séparer. Bien que vous n'y ayez pas encore songé, cette route qui longe la montagne est la seule que vous puissiez prendre raisonnablement. Vous n'osez pas descendre dans la vallée, et vous voudrez encore moins en traversant la montagne retourner dans la ville d'où vous venez : ce chemin est aussi précisément le mien. Je vous vois déjà pâlir à la vue du soleil levant. Je vais vous prêter votre ombre pendant que nous serons ensemble, et en compensation vous me souffrirez en votre société. Vous n'avez plus votre Bendel avec vous, je vous rendrai de bons services. Vous ne m'aimez pas, j'en suis fâché. Néanmoins vous pouvez profiter de moi. Le diable n'est pas si noir qu'on le dépeint. Hier, vous m'avez indigné, c'est vrai, mais je ne veux pas vous en garder rancune aujourd'hui, et même je vous ai déjà abrégé le chemin jusqu'ici, vous devez l'avouer. Prenez donc encore une fois votre ombre à l'essai. »

Le soleil s'était levé ; des hommes marchaient vers nous sur la route ; j'acceptai la proposition bien qu'avec répugnance. Tout en souriant il laissa glisser à terre mon ombre qui prit aussitôt sa place sur l'ombre de mon cheval et trotta gaîment près de moi. Je ressentais une sensation étrange. Je passai devant une troupe de paysans qui, se découvrant avec respect, cédèrent la place à l'homme de condition. Je continuai ma route et, du haut de mon cheval, regardais, d'un œil avide et le cœur ému, l'ombre qui m'appartenait autrefois et que maintenant j'avais empruntée à un étranger, à un ennemi.

Ce dernier marchait à côté de moi avec insouciance et en sifflotant une ariette. Il était à pied, moi j'étais à cheval. Je fus pris d'un étourdissement ; la tentation était trop forte. Je donnai une autre direction à ma monture, piquai des deux et galopai vers un chemin de traverse. Mais je n'avais pas emmené avec moi l'ombre qui, au premier mouvement, glissa du cheval et attendit sur la route son légitime propriétaire. Couvert de confusion, je dus revenir sur mes pas. Lorsque l'homme à l'habit gris eut tranquillement achevé son air, il se moqua de moi, remit l'ombre à sa place et m'apprit qu'elle ne s'attacherait à moi que lorsqu'elle serait de nouveau ma propriété.

« Je vous tiens, ajouta-t-il, par votre ombre et vous ne m'échapperez pas. Un homme riche, comme vous, a besoin d'une ombre, il n'y a pas à dire. Vous ne pouvez que vous faire un reproche, c'est de ne pas l'avoir remarqué plus tôt. »

Je continuai mon voyage sur la même route, et retrouvai toutes les commodités de la vie et même son luxe. Je pouvais me mouvoir librement et avec aisance puisque j'avais une ombre, bien qu'elle ne fût qu'empruntée, et partout, j'inspirais le respect que commande la richesse, mais j'avais la mort dans l'âme. Mon singulier compagnon, qui se donnait lui-même pour l'indigne serviteur de l'homme le plus riche du monde, était d'un empressement extraordinaire, excessivement adroit et habile : c'était le type accompli du valet de chambre d'un homme opulent. Jamais il ne s'éloignait de moi, me parlant, m'assurant avec la plus intime conviction que je conclurais enfin le marché relatif à l'ombre pour me débarrasser de lui. Il m'était autant à charge qu'il m'était odieux. J'en avais vraiment peur; j'étais sous sa dépendance. Il me tenait en son pouvoir depuis qu'il m'avait ramené dans les splendeurs du monde que je fuyais. J'étais obligé de supporter les flots de son éloquence, et sentais pour ainsi dire qu'il avait raison. Il faut dans ce monde qu'un riche ait son ombre et si je voulais conserver la position qu'il m'avait engagé à faire valoir, il n'y avait qu'une issue à choisir. Cependant, après avoir sacrifié mon amour, après avoir flétri ma vie, j'avais pris la ferme résolution de ne pas engager mon âme à cette créature pour toutes les ombres de la terre. Je ne savais pas comment cela finirait.

Un jour, nons étions assis devant une caverne que les étrangers parcourant la montagne ont coutume de visiter. On entend retentir dans des profondeurs insondables le mugissement de torrents souterrains et la pierre qu'on y jette paraît dans sa chute retentissante ne pas en atteindre le fond. Il me dépeignait, comme il le faisait souvent, avec une fantaisie extraordinaire et la séduction brillante des plus vives couleurs, le tableau magique de tout ce que, grâce à ma bourse, je pourrais faire dans le monde, dès que mon ombre serait de nouveau en mon pouvoir. Les coudes appuyés sur les genoux, je tenais mon visage caché dans mes mains, écoutant ce traître, le cœur doublement partagé entre la tentation et ma ferme volonté. Je ne pouvais supporter plus longtemps cette discorde intérieure et je commençai le combat décisif. « Vous paraissez oublier, Monsieur, que je vous ai permis, il est vrai, sous certaines conditions, de rester à ma suite, mais je me suis réservé ma liberté complète.

— Je fais mon paquet, si vous l'ordonnez. »

Cette menace lui était familière. Je me tus; il se mit aussitôt en devoir de rouler mon ombre. Je pâlis, mais je le laissai faire sans rien dire. Il s'ensuivit un long silence. Il reprit la parole le premier.

« Vous ne pouvez me souffrir, Monsieur, vous me haïssez, je le sais; mais pourquoi me haïssez-vous? Est-ce peut-être parce que vous m'avez assailli sur la grand'route et avez cru m'enlever mon nid d'oiseau avec violence? Ou bien est-ce parce que vous avez cherché à me dérober furtivement mon bien, l'ombre que vous croyiez confiée à votre seule probité? Pour mon compte, je ne vous hais point pour cela ; je trouve tout naturel que vous cherchiez à profiter de tous vos avantages, de la ruse et de la violence. Que d'ailleurs vous ayez les principes les plus sévères et que votre conduite soit réglée d'après la probité, c'est une fantaisie contre laquelle je n'ai rien à dire. Je n'ai pas, en effet, des principes aussi sévères que les vôtres, j'agis seulement comme vous pensez. Ou bien vous ai-je jamais serré la gorge pour m'emparer de votre précieuse âme dont j'ai envie, vous le savez? — Ai-je excité contre vous un domestique pour reprendre la bourse que nous avons échangée? Ai-je cherché à vous échapper en l'emportant? »

Je n'avais rien à répondre à ces observations ; il continua : « C'est bien, Monsieur, c'est très bien. Vous ne pouvez pas me souffrir, je le comprends parfaitement et je ne vous en blâme pas. Il faut nous séparer, c'est évident, et vous commencez même à me paraître très ennuyeux. Pour vous débarrasser complètement de ma longue présence, qui vous humilie, je vous conseille encore une fois de me racheter cet objet. »

Je lui tendis la bourse.

« Pour ce prix-là ? demandai-je.

— Non. »

Je poussai un profond soupir et repris la parole :

« A la bonne heure ! J'insiste, Monsieur, pour que nous nous séparions, ne me barrez pas plus longtemps le chemin vers un monde qui est, je l'espère, assez vaste pour nous deux. »

Il me répondit en souriant :

« Je pars, Monsieur, mais je veux auparavant vous apprendre comment vous pourrez me sonner, si jamais vous avez envie de votre très humble serviteur. Vous n'avez besoin que de secouer votre bourse pour faire tinter les éternelles pièces d'or ; leur son m'attirera aussitôt près de vous. Chacun pense à son avantage dans ce monde, mais vous voyez que je songe en même temps au vôtre, car je vous découvre évidemment une nouvelle force! Oh, cette bourse! Quand même les mites auraient déjà rongé votre ombre, elle serait encore un lien solide entre nous. C'est assez, vous me tenez par mon or, disposez de votre valet, quand même il sera éloigné; vous savez que je ne peux me montrer assez serviable envers mes amis et que les riches sont surtout en bons termes avec moi, vous l'avez vu vous-même. Quant à votre ombre, tenez-vous-le pour dit, vous ne la reverrez jamais qu'à une seule condition. »

Des figures du temps passé se présentèrent à mon esprit. Je lui demandai avec vivacité :

« Avez-vous une signature de M. John? »

Il sourit.

« Je n'en avais pas du tout besoin avec un tel ami !

— Où est-il, au nom de Dieu, je veux le savoir! »

Il mit, en hésitant, la main dans sa poche et retira par les cheveux le fantôme pâle et défiguré de Thomas John et les lèvres bleuies du cadavre balbutièrent ces terribles paroles : « *Justo judicio Dei judicatus sum ; justo judicio Dei condemnatus sum :* Je suis jugé par un juste jugement de Dieu ; je suis condamné par un juste jugement de Dieu. »

Je fus saisi d'horreur, et jetant rapidement dans l'abîme la bourse dont les pièces s'entrechoquaient, je lui adressai ces dernières paroles :

« Au nom de Dieu, je t'adjure, affreux démon, de t'éloigner d'ici et de ne plus jamais paraître devant mes yeux. »

Il se leva d'un air sombre et disparut aussitôt derrière les masses de rochers qui limitaient ce lieu sauvage.

## IX

Je me trouvais sans ombre et sans argent, mais ma poitrine était dégagée d'un lourd fardeau ; j'étais content. Si je

Il disparut derrière les masses de rochers qui limitaient ce lieu sauvage (Page 102).

n'eusse pas perdu mon amour ou si, dans cette perte, je m'étais senti sans reproche, je crois que j'aurais pu être heureux. Cependant je ne savais que devenir. Je fouillai mes poches et y trouvai encore quelques pièces d'or, je les comptai et me mis à rire. J'avais laissé mes chevaux dans l'auberge de la vallée, je rougissais d'y retourner. Il me fallait du moins attendre le coucher du soleil et cet astre était encore au milieu de l'horizon. Je me couchai à l'ombre des arbres les plus voisins et m'endormis tranquillement.

Pendant un rêve agréable, de gracieuses images voltigeaient devant moi en une ronde joyeuse. Mina, un diadème de fleurs dans les cheveux, se présenta gracieusement souriante et disparut. L'honnête Bendel, aussi couronné de fleurs, passa près de moi en me saluant amicalement. Je vis encore beaucoup d'autres personnes et dans cette foule confuse, il me sembla te reconnaître aussi, Chamisso. Une vive lumière répandait sa clarté, mais personne n'avait d'ombre, et ce qui est plus extraordinaire, cela ne produisait point un mauvais effet. Les fleurs s'épanouissaient, des chants retentissaient, sous les bouquets de palmiers régnaient l'amour et la joie. Je ne pouvais ni retenir, ni m'expliquer ces figures gracieuses qui s'évanouissaient aussitôt, mais je sais que j'aimais ces rêves, et je pris mes précautions pour ne pas me réveiller. Cependant, je ne dormais plus et je tenais encore mes paupières fermées pour garder plus longtemps dans mon âme ces apparitions fugitives.

J'ouvris enfin les yeux, le soleil était encore au ciel à l'horizon, mais à l'Orient : mon sommeil avait duré toute la nuit. Je pris cela comme un avertissement de ne plus retourner dans mon auberge. Je regardai sans regret, comme perdu, ce que j'y avais encore laissé et résolus de suivre à pied un sentier qui longeait la montagne couverte de forêts, laissant au destin le soin d'agir comme il en déciderait. Je ne regardai pas derrière moi et je ne pensai pas non plus à m'adresser à Bendel que j'avais laissé riche, ce que j'aurais pu faire assurément.

Je réfléchis à la nouvelle position que je devais remplir dans le monde. Mes vêtements étaient très modestes : j'avais une vieille polonaise noire que je portais autrefois à Berlin et qui m'était retombée sous la main, je ne sais trop comment, quand je m'étais mis en route. J'avais en outre sur la tête une casquette et une paire de vieilles bottes aux pieds. Je me levai, coupai à cette place un gourdin en souvenir et je partis aussitôt.

Dans la forêt, je rencontrai un vieux paysan qui me salua d'un air affable et avec lequel je liai conversation. Je m'informai d'abord, comme un voyageur curieux, du chemin, de la contrée et de ses habitants, des produits de la montagne et d'autres choses semblables. Il répondit à mes questions avec beaucoup d'à-propos et force détails. Nous arrivâmes ainsi près du lit d'un torrent qui avait porté ses dévastations sur une large étendue de la forêt. Je frissonnai intérieurement en voyant cet espace éclairé par le soleil. Je laissai le paysan me précéder, mais il s'arrêta au milieu de l'endroit dangereux et se retourna vers moi pour me raconter l'histoire de ces ravages. Il remarqua bientôt ce qui me manquait et s'interrompit au milieu de son récit.

« Mais que vois-je, s'écria-t-il, Monsieur n'a point d'ombre !

— Malheureusement, lui répondis-je, en soupirant. Pendant une longue et cruelle maladie, j'ai perdu mes cheveux, mes ongles et mon ombre. Voyez, mon vieux, à mon âge, les cheveux qui ont de nouveau repoussé sont tout blancs ; mes ongles sont encore très courts et l'ombre n'a pas encore voulu repousser.

— Ah ! vraiment ! répondit le vieillard en branlant la tête. Point d'ombre ! c'est mauvais ! Monsieur a donc eu une méchante maladie ! »

Mais il ne continua pas son récit, et au premier détour qu'il rencontra, il s'éloigna de moi sans dire un mot. Des larmes amères inondèrent de nouveau mes joues ; c'en était fait de ma gaieté !

Je continuai ma route le cœur bien triste, et je ne cherchai plus la société d'un semblable. Je me tenais dans la forêt la plus sombre, et souvent il me fallait attendre plusieurs heures pour traverser un espace éclairé par le soleil, afin qu'aucun regard ne m'interdît le passage. Le soir, je cherchais à prendre un gîte dans les villages. A dire vrai, je me rendais à des mines dans la montagne où j'espérais trouver du travail sous terre. Car, abstraction faite de la nécessité de pourvoir moi-même à ma subsistance dans ma position actuelle, j'avais en outre reconnu qu'un travail acharné pourrait seul me protéger contre les pensées de mort qui me poursuivaient.

Quelques jours pluvieux me facilitèrent une longue route, mais ce fut aux dépens de mes bottes, dont les semelles avaient été faites pour le comte Pierre et non pour un piéton. Je marchais déjà pieds nus. Il fallait me procurer une nouvelle paire de chaussures. Le lendemain, je traitai sérieusement cette affaire dans un bourg où se tenait un marché et où se trouvaient en vente, dans une boutique, des souliers neufs et vieux. Je choisis et je marchandai longtemps. Je dus renoncer à une paire de bottes neuves que j'aurais achetées volontiers, mais le prix exorbitant m'effrayait. Je me contentai donc d'une paire de vieilles qui étaient encore bonnes et fortes, et que le beau jeune homme aux blonds cheveux bouclés qui tenait la boutique me remit en souriant, après avoir reçu le prix comptant et en me souhaitant bonne chance dans mon voyage. Je me chaussai aussitôt et sortis du bourg par la porte du côté du nord.

J'étais plongé dans de profondes réflexions et je regardais à peine où je posais le pied, car je pensais à la mine où j'espérais arriver encore le même soir, et où je ne savais trop comment je m'annoncerais. Je n'avais pas encore fait deux cents pas, lorsque je vis que j'avais perdu mon chemin ; je regardai autour de moi, je me trouvais dans une antique et solitaire forêt de sapins que la hache semblait n'avoir jamais touchés. Je fis quelques pas en avant et me trouvai au milieu de rochers stériles qui n'étaient recouverts que de mousse et de saxifrages entre lesquels s'étendaient des champs de neige et de glace. L'air était froid, je tournai la tête, la forêt avait disparu derrière moi. Je refis quelques pas : partout régnait le silence de la mort, la glace sur laquelle je marchais et que couvrait un épais brouillard, s'étendait à perte de vue ; le soleil se montrait sanglant au bord de l'horizon. La température était insupportable. Je ne savais pas ce qui m'était arrivé. Le froid qui m'engourdissait me força de me hâter. Je n'entendais que le mugissement d'eaux lointaines, un pas de plus et je me trouvai sur les bords glacés de l'Océan. A ma vue, d'innombrables troupeaux de phoques se précipitèrent bruyamment dans les flots. Je suivis ce rivage, je revis des rochers nus, des terres, des forêts de bouleaux et de sapins, je marchai encore quelques minutes droit devant moi. Il faisait une chaleur étouffante, je regardai autour de moi, je me trouvais au milieu de rizières bien cultivées et sous des mûriers. Je m'assis sous leur ombrage et je regardai ma montre, il n'y avait pas un quart d'heure que j'avais quitté le bourg. Je croyais rêver, je me mordis la langue pour me réveiller, mais je ne dormais pas. Je fermai les yeux pour rassembler mes idées. J'entendis prononcer devant moi d'étranges intonations nasales, je levai les yeux : deux Chinois que leur type asiatique me faisait reconnaître, quoique leur costume ne m'inspirât aucune confiance, s'adressaient à moi dans leur idiome avec les salutations en usage dans leur pays. Je me relevai et fis deux pas en arrière. Je ne les vis plus. Le paysage avait subitement changé : des arbres et des forêts avaient remplacé les rizières. J'examinai les plantes qui s'épanouissaient autour de moi, celles qui m'étaient connues ressemblaient à des végétaux du sud-est de l'Asie. Je voulus m'approcher d'un arbre, un pas en avant et tout était changé. Je marchai alors comme une recrue qu'on exerce et m'avançai lentement et posément. Des pays se succédant d'une manière admirable, des plaines, des provinces, des montagnes, des steppes, des déserts de sable se déroulaient sous mon regard étonné. Il n'y avait pas à en douter : j'avais aux pieds des bottes de sept lieues.

## X

Je tombai à genoux dans un muet recueillement et je versai des larmes de reconnaissance, car mon avenir apparaissait tout à coup visiblement devant mon âme. Chassé par ma première faute de la société des hommes, je trouvais pour la remplacer la nature que j'avais toujours aimée, la terre qui m'était donnée comme un riche jardin, l'étude pour être la direction et la force de ma vie et dont le but serait la science. Ce ne fut pas une résolution que je pris, car, depuis lors, je n'ai fait que chercher et écrire avec une application calme, sévère et continuelle ce qui se présentait clair et parfait dans l'idéal de mon âme, et mon contentement personnel a toujours dépendu de la ressemblance de ma description avec l'original.

Je me relevai pour prendre sans hésiter et d'un coup d'œil fugitif possession du champ où je voulais moissonner à l'avenir. Je me trouvais sur les hauteurs du Thibet; le soleil, qui s'était levé pour moi quelques heures auparavant, s'inclinait déjà vers le couchant. Je le rejoignis dans sa course en traversant l'Asie de l'est à l'ouest et j'entrai en Afrique. Je regardai de nouveau curieusement autour de moi, en parcourant ce pays dans toutes les directions. Pendant que je contemplais bouche béante les antiques pyramides et les temples d'Égypte, j'aperçus, non loin de Thèbes aux cent portes, les cavernes qu'habitaient autrefois des ermites chrétiens. Je résolus d'y fixer ma demeure, je choisis l'une des plus cachées et qui était en même temps spacieuse, commode et inaccessible aux chacals, pour en faire mon futur séjour, et j'allai plus loin.

J'entrai en Europe près des colonnes d'Hercule et après avoir examiné ses provinces méridionales et septentrionales, je passai de l'Asie du Nord sur les glaces polaires en Groënland et en Amérique. Je parcourus les deux parties de ce continent, et l'hiver, qui régnait déjà dans le Sud, me fit reculer du cap Horn vers les pays du Nord. Je m'arrêtai, attendant qu'il fît jour dans l'Asie orientale, et, après quelques instants de repos, je continuai mon voyage, en suivant, à travers les deux Amériques, la chaîne de montagnes qui renferme les plus hautes inégalités connues de notre globe. Je marchais lentement et avec plus de prudence d'une cime à l'autre, planant tantôt sur des volcans en éruption, tantôt sur des monts couverts de neige, ne pouvant souvent respirer qu'avec peine, j'atteignis le mont Élie et sautai en Asie à travers le détroit de Behring. J'en suivis la côte orientale dans toutes ses nombreuses sinuosités et cherchant avec attention celles des îles qui pourraient m'être accessibles. Mes bottes me conduisirent de la presqu'île de Malacca dans les îles de Sumatra, de Java, de Bali et de Lamboc. Je cherchai, souvent même en m'exposant au danger, et néanmoins toujours inutilement, à me frayer un passage au Nord-Est vers Bornéo et les autres îles de cet archipel, en passant par les îlots et par les rochers dont cette mer est couverte. Il me fallut renoncer à cet espoir. Je m'assis enfin sur la pointe la plus avancée de Lamboc, et, le visage tourné vers le Sud et l'Est, je pleurai, comme à la grille verrouillée de ma prison, d'avoir trouvé si tôt les bornes de mon domaine. La Nouvelle-Hollande, cette île remarquable, qui m'aurait été si nécessaire pour l'intelligence du globe et de son vêtement doré par le soleil, pour comprendre le règne végétal et animal, et la mer du Sud avec ses îles bâties par des zoophytes m'étaient interdites, et, dès le commencement déjà, tout ce que je devais collectionner et édifier était condamné à n'être que de simples fragments. O mon Adelbert, que sont donc les efforts des humains !

J'ai souvent essayé, par l'hiver le plus rigoureux de la sphère méridionale, en partant du cap Horn, de faire ces deux cents pas qui me séparaient à peu près de la terre de Van Diémen et de la Nouvelle-Hollande, sans m'inquiéter si je pourrais retourner sur mes pas, et dût ce pays affreux se fermer sur moi comme le couvercle d'un cercueil. J'ai cherché à y parvenir du côté de l'Est à travers les glaciers du pôle; plein de désespoir, j'ai voulu franchir les glaces flottantes avec une témérité insensée, bravant le froid et la mer. C'était en vain, je n'ai pas encore été dans la Nouvelle-Hollande. Chaque fois, je revenais à Lamboc et je m'asseyais à la pointe la plus avancée, le visage tourné vers le Sud et l'Orient, je pleurais comme aux barreaux verrouillés de mon cachot.

Je m'arrachai enfin de ce lieu, et, le cœur brisé, je rentrai dans l'intérieur de l'Asie, je la visitai de plus près, en poursuivant l'aurore vers l'Ouest. Le soir, j'arrivai à la Thébaïde, au domicile que j'avais choisi et visité la veille.

Aussitôt que j'eus pris un peu de repos et qu'il fit jour en Europe, mon premier soin fut de me procurer tout ce dont j'avais besoin. D'abord, il me fallait un moyen d'enrayer mes chaussures, car j'avais appris combien il était incommode de ne pouvoir modérer son pas pour examiner à son aise quelques objets voisins, autrement qu'en ôtant ses bottes. En mettant des pantoufles par dessus, j'obtins complètement l'effet que je m'en promettais, et, plus tard, j'en emportai même deux paires avec moi, parce que je les ôtais souvent de mes pieds sans avoir le temps de les ramasser, lorsqu'en botanisant, j'étais surpris par des lions, des hommes ou des hyènes. Mon excellente montre remplaçait un très bon chronomètre pour la courte durée de mes courses. Il me fallait en outre un sextant, quelques instruments de physique et des livres.

Pour me procurer tout cela, je fis quelques courses pleines d'inquiétudes, à Londres et à Paris. Le brouillard qui enveloppait ces villes me fut favorable. Dès que le reste de mon or enchanté fut épuisé, je donnai en paiement de l'ivoire d'Afrique que je trouvais avec la plus grande facilité. Il est vrai qu'il me fallait choisir les plus petites dents, dont le poids ne dépassât pas mes forces. Bientôt je fus pourvu et équipé de tout ce qui m'était nécessaire et commençai aussitôt ma nouvelle vie en savant qui ne professe pas.

Je parcourus la terre de tous côtés, mesurant tantôt ses hauteurs, tantôt la température de ses sources et l'atmosphère. Je courais de l'équateur au pôle, d'un continent à l'autre, en comparant mes découvertes avec celles que j'avais déjà faites. Les œufs de l'autruche africaine ou ceux des oiseaux de la mer du Nord, les palmiers des tropiques et les bananes surtout, étaient ma nourriture ordinaire. Pour remplacer le bonheur qui me manquait, j'avais, comme équivalent, la nicotiane et l'affection d'un fidèle barbet qui gardait ma grotte dans la Thébaïde et me tenait lieu de l'amitié des hommes et de leur société. Lorsque je revenais près de lui, chargé de nouveaux trésors, il sautait joyeux à ma rencontre et me faisait encore humainement sentir que je n'étais pas seul sur la terre. Une aventure devait encore me ramener parmi les hommes.

## XI

Un jour qu'après avoir enrayé mes bottes, je recueillais des lichens et des algues sur les côtes de la Norvège, un ours blanc sortit inopinément vers moi au détour d'un rocher. Je voulus, après avoir jeté mes pantoufles, passer sur une île qui se trouvait vis-à-vis et dont un bloc stérile sortant des flots me facilitait le passage. Je posai fermement un de mes pieds sur l'écueil, mais je tombai de l'autre côté dans la mer, parce qu'une des pantoufles était restée à l'autre pied sans que je m'en fusse aperçu.

Le grand froid me saisit, et c'est avec peine que je sauvai ma vie de ce danger. Aussitôt que je fus sur terre ferme, je courus aussi promptement que possible vers les déserts de la Libye pour m'y sécher au soleil. Mais j'y étais exposé de telle façon qu'il dardait sur ma tête avec une si grande violence que j'en devins très malade. Je me rendis vers le nord d'un pas mal assuré, cherchant à me soulager par un violent exercice, et je courus à pas rapides et incertains de l'est à l'ouest et de l'ouest à l'est. Je me trouvais tantôt dans le jour et tantôt dans la nuit, tantôt en été, tantôt en hiver.

Je ne sais combien de temps je parcourus ainsi la terre en chancelant. Une fièvre brûlante courait dans mes veines, je sentais avec une grande anxiété que la connaissance m'abandonnait. Le malheur voulut encore que dans cette course imprudente je marchasse sur le pied de quelqu'un. Je lui avais probablement fait mal, je reçus un coup violent et je tombai sur le sol.

Quand je repris connaissance, j'étais commodément couché dans un bon lit qui se trouvait avec beaucoup d'autres dans une vaste et belle salle. Quelqu'un était assis à mon chevet, et des personnes allaient d'un lit à l'autre en traversant la salle. Elles vinrent aussi près du mien et s'entretinrent à mon sujet. Elles me nommaient le numéro douze, et cependant, sur la muraille à mes pieds, se trouvait fixée une table de marbre noir sur laquelle était écrit bien lisiblement mon nom en grandes lettres d'or.

*Pierre Schlemihl.*

Ce n'était pas une illusion, car je pouvais le lire très distinctement. Au-dessous de mon nom, il y avait aussi deux lignes de lettres sur la tablette, mais j'étais encore trop faible pour les assembler et je refermai les yeux.

J'entendais lire à haute et intelligible voix quelque chose où il était question de Pierre Schlemihl, mais je ne pus en saisir le sens. Je vis également venir près de mon lit un homme affable et une très belle dame habillée de noir. Leurs figures ne m'étaient pas inconnues et je ne pouvais les reconnaître.

Un certain temps se passa et je repris des forces. Je m'appelais le numéro douze, et numéro douze passait pour un Juif à cause de sa longue barbe, mais il n'en était pas moins bien soigné pour cela. On ne semblait pas avoir remarqué qu'il n'avait pas d'ombre. Mes bottes, m'assurait-on, étaient en lieu de sûreté avec tout ce qu'on avait trouvé sur moi quand on m'avait apporté, et devaient m'être remises après ma guérison. La maison où je me trouvais malade s'appelait *Schlemihlium* et ce qu'on lisait tous les jours sur Pierre Schlemihl était une exhortation de prier pour lui, comme fondateur et bienfaiteur de cet établissement. L'homme affable que j'avais vu près de mon lit était Bendel, et la belle dame était Mina.

Je me rétablis au Schlemihlium sans être reconnu et voici ce que j'appris en outre. Je me trouvais dans la ville natale de Bendel où, avec le reste de mon or, qui ne m'avait jamais porté bonheur, il avait fondé sous mon nom cet hospice où chaque jour des malheureux me bénissaient : lui-même en était le directeur. Mina était veuve, un malheureux procès criminel avait coûté la vie à M. Rascal, et elle-même avait perdu la plus grande partie de sa fortune. Ses parents n'étaient plus. Elle vivait là, comme une pieuse veuve, en exerçant des œuvres de miséricorde.

Elle s'entretenait un jour avec M. Bendel près du lit du numéro 12.

« Pourquoi, noble dame, voulez-vous vous exposer si souvent à l'air pernicieux qui règne ici ? Le destin serait-il donc si dur pour vous que vous désiriez mourir ?

— Non, M. Bendel; depuis que mon long rêve s'est dissipé et que je suis revenue à moi-même, je me trouve contente. Je ne désire plus ni ne crains plus la mort. Je songe avec sérénité au passé et à l'avenir. N'est-ce pas aussi avec un bonheur secret que vous servez maintenant votre maître et ami d'une manière si agréable à Dieu ?

— Oui, Dieu soit béni ! noble dame ! Cependant notre destinée a été singulière, nous avons immodérément goûté à la coupe pleine, bien des joies et d'amères douleurs. Elle est vide maintenant. Quelqu'un pourrait penser que tout cela n'a été qu'une épreuve et s'imaginerait dans sa prudence que le véritable commencement va venir. Le véritable commencement est tout autre, on ne désire pas revoir la première illusion, et néanmoins l'on est content d'avoir vécu ainsi. J'ai la confiance que notre vieil ami se trouve maintenant mieux qu'alors.

— Je le sens également », répondit la belle veuve et ils passèrent à côté de moi.

Cette conversation m'avait laissé une profonde impression, je me demandais intérieurement si je devais me faire reconnaître ou m'éloigner de là sans être reconnu. Je me décidai, et me fis donner du papier et un crayon pour écrire ces mots :

« Votre vieil ami se trouve maintenant mieux qu'alors, et s'il fait pénitence, c'est une pénitence de réconciliation. »

Je demandai ensuite à m'habiller parce que je me sentais plus fort. On apporta la clef de la petite armoire qui était près de mon lit. J'y trouvai tout ce qui m'appartenait. Je passai mes habits, suspendis, par-dessus ma polonaise noire, ma boîte à herboriser dans laquelle je retrouvai avec plaisir mes lichens du Nord. Je mis mes bottes, plaçai sur mon lit le billet que j'avais écrit, et dès que la porte s'ouvrit, j'étais déjà bien loin sur la route de la Thébaïde.

Comme, je suivais le long des côtes de la Syrie, la route que j'avais prise en m'éloignant la dernière fois de ma demeure, je vis mon pauvre Figaro venir à ma rencontre. Cet excellent barbet semblait vouloir suivre les traces de son maître qu'il avait sans doute attendu longtemps à la maison. Je m'arrêtai pour l'appeler. Il sauta vers moi en aboyant et me donnant mille témoignages touchants de son innocente joie sans contrainte. Comme il ne pouvait me suivre, je le pris dans mes bras et je le rapportai avec moi dans ma demeure.

Je retrouvai tout dans l'ordre accoutumé et, lorsque j'eus recouvré mes forces, je repris peu à peu mes occupations antérieures et mon ancien genre de vie. Mais j'évitai pendant une année le froid polaire que je ne pouvais plus supporter.

C'est ainsi que je vis encore aujourd'hui, mon cher Chamisso. Mes bottes ne s'usent pas, comme me l'avait fait craindre au commencement le très savant ouvrage du célèbre Fieckus : *De rebus gestis Pollicilli* (petit Poucet). Leur vertu ne s'altère pas. Mes forces m'abandonnent, mais j'ai cependant la consolation de les avoir employées non sans utilité à un but que j'ai toujours poursuivi dans la même direction. Aussi loin que m'ont porté mes bottes, j'ai appris à connaître, plus à fond que personne, la terre, sa forme, ses montagnes, sa température, son atmosphère dans toutes ses variations, les effets de sa force magnétique, la vie qui règne sur le globe et surtout dans le règne végétal. J'ai exposé les faits avec la plus grande exactitude possible en les classant avec clarté dans plusieurs volumes, et j'ai publié en abrégé mes déductions et mon point de vue dans quelques brochures.

J'ai complété la géographie de l'intérieur de l'Afrique, et des contrées du pôle nord, de l'intérieur de l'Asie et de sa côte orientale. Mon livre : *Historia stirpium plantarum utriusque orbis,* forme une grande partie de la flore de la terre entière et une suite de mon système de la nature. Je crois n'avoir pas seulement augmenté de plus d'un tiers le nombre des espèces connues, mais avoir fait en outre quelque chose pour le système naturel et pour la géographie des plantes. Je travaille maintenant assidûment à ma faune. Je prendrai soin que mes manuscrits soient déposés à l'université de Berlin avant ma mort.

Quant à toi, mon cher Chamisso, je t'ai choisi pour le dépositaire de mon histoire merveilleuse, afin que, lorsque j'aurai disparu de la terre, elle puisse servir peut-être de leçon profitable à plusieurs de ses habitants. Pour toi, mon ami, si tu veux vivre parmi les hommes, apprends à vénérer d'abord l'ombre, et l'argent seulement après. Mais si tu veux ne vivre que pour toi et pour la meilleure partie de toi-même, tu n'as pas besoin de conseil.

LA CHAPELLE-MONTLIGEON. — Imp. de N.-D. de Montligeon.

www.ingramcontent.com/pod-product-compliance
Ingram Content Group UK Ltd.
Pitfield, Milton Keynes, MK11 3LW, UK
UKHW021536260726
13993UKWH00002B/525